14,90

LOUISLOUISE

Simone Felix

LOUISLOUISE

Niets is wat het lijkt

the house of books

Beste lezer,

Wat ik de laatste maanden heb meegemaakt, tart werkelijk alle verbeelding. Het is zo straf en onwaarschijnlijk dat ik heb beslist om alles op te schrijven voor het nageslacht. Niet dat dàt in er in mijn geval snel aan zit te komen, maar soit. Geloof me, je zou hetzelfde doen, als je in mijn schoenen stond. Maar misschien moet ik mezelf eerst even voorstellen, want dat is wel zo beleefd. Mijn naam is Charlotte De Wilde. Ik ben een vrouw in de fleur van haar leven, die er niet slecht uitziet (ahum, ik zal het maar zelf zeggen) en ik presenteer 'Het Hart op de Tong' een programma voor romantische zielen bij Radio Bavo. Luisteraars bellen mij tijdens de uitzending met hun relatieproblemen die ik voor hen probeer op te lossen. De ironie! Want zelf ben ik single. Erg single. Al een tijdje. Oké, al een paar maanden eigenlijk. Wat kan ik je nog vertellen? Dat ik al jaren een oogje heb op mijn jeugdvriend Louis, die zelf een flierefluiter eerste klas is en mij niet ziet staan. Ook dàt nog. Ik ben zijn beste vriendin, zijn maatje. Ik woon zelfs bij hem, sinds Maarten, ex-lief en mijn baas bij Radio Bavo, en ik uit elkaar gingen. Behalve het bed delen Louis en ik in feite alles. Of liever gezegd, we déélden alles, want sinds kort is Louis spoorloos. Van de aardbodem verdwenen. En op dezelfde dag dat hij met de noorderzon was vertrokken, stond er een wildvreemde vrouw in de keuken die beweerde dat zij Louis was! Geloof het of niet, dit is wat er is gebeurd. Louis zit gevangen in het lichaam van een vrouw. Het idiote resultaat van een banvloek, over hem uitgeroepen door een van zijn gedumpte one-night stands. Een feeks in meer dan één betekenis, die sindsdien spoorloos is. Voortaan is Louis, notoire macho en vrouwenversierder, en hoofdredacteur van het mannenblad Don – uitgerekend Louis, die ik al jaren ken, die mij zo vertrouwd is als mijn eigen broer, de man van mijn leven – veranderd in een vrouw met wie ik niet alleen een woning, maar ook nog mijn kleren, make-up en schoenen moet delen. En wie moet de boel redden? Moi, je, ich, io, je ondergetekende. Wat volgt, is het verhaal zoals ik het heb beleefd, zoals

Louis en Louise het mij hebben verteld en zoals het mij ter ore kwam via de redactieleden van Don. En ik moet ook iets gênants bekennen. Sinds Louis Louise is geworden, houdt ze een anonieme weblog bij. Dat heb ik ontdekt toen ze haar computer vergat uit te loggen. En tot mijn schaamte was mijn nieuwsgierigheid naar het zielsleven van Louise te groot om de verleiding te weerstaan. Als je dit ooit onder ogen krijgt, Louislouise: sorry, sorry, sorry. Ik pleit schuldig, maar met verzachtende omstandigheden. Veel verzachtende omstandigheden.

Uw dienares,

Charlotte

Hoofdstuk 1

'Waar blijft Louis?! Bel hem, fax hem, ga hem zelf halen, stuur desnoods een postduif achter hem aan of laat hem opsporen door de verzamelde flikkenmacht van deze stad, maar ik wil Louis hier binnen de tien minuten in deze kamer hebben!'

Vic transpireerde heftig en depte het zweet van zijn voorhoofd en hals met zijn zakdoek. Jana, zijn secretaresse, maakte zich snel uit de voeten. Hij vervloekte op dit soort van momenten de dag dat hij de directeurspost van deze uitgeverij had aangenomen. De verkoopcijfers van *Don* waren de afgelopen jaren teruggelopen en de advertentiemarkt had daar erg slecht op gereageerd. Dat betekende een verlies van inkomsten op twee fronten en dat kon uitgeverij Hercules niet lang meer trekken. Daarom waren er nieuwe investeringen nodig en Vic had die nieuwe investeerders gevonden in Nederland. Ze kwamen vandaag, nu dus, kijken naar hun nieuwe potentiële investering. De presentatie van Louis over *Don*, zijn nieuwe redactionele plannen en zijn enthousiasme moesten de Hollanders over de streep trekken. Het was simpel: geen Louis, geen presentatie, geen vers geld en dus geen *Don* meer. De gedachte alleen al maakte dat Vic opnieuw overvloedig begon te transpireren en opnieuw zijn zakdoek moest bovenhalen. Hij vloekte wel vaak op zijn job bij *Don*, maar het gaf hem wel een doel in het leven. Het alternatief was dat hij constant bij zijn rijke maar bazige vrouw moest zijn. Vic kreunde bij dat idee. Onbewust greep hij weer naar zijn zakdoek, stormde zijn kantoor uit en bulderde door de gang: 'Ik wil Louis en wel nu!'

Aan de andere kant van de stad keek Louis intussen met schoteltjes van ogen naar zijn spiegelbeeld in de badkamer. De waanzin van deze situatie drong langzaam maar zeker tot hem door.

'Ik ben een vrouw', mompelde hij apathisch tegen het gezicht dat hem in de spiegel aanstaarde. Zijn gezicht, maar ook weer niet. Want hij kende dit smoeltje niet. Dat halflange blonde haar, die groene ogen, die fijne neus, geprononceerde jukbeenderen. Zijn blik ging omlaag. Hij kende dit lijf niet. Oh ironie, dacht Louis. Ik heb meer dan honderd vrouwen versierd en liefgehad, maar wat is het een vreemde gewaarwording om voor een keer niet aan een vrouwenlijf te zitten, maar er helemaal in. Waar kwam dit vandaan? Waarom hij? Hij hoorde Charlotte in de keuken rommelen. Het had hem heel wat overredingskracht gekost haar ervan te overtuigen dat hij wel degelijk Louis was en geen *one-night stand* die Louis mee naar huis had genomen en zich nu als een waanzinnig geworden kip gedroeg. De ironie wilde dat ze hem pas had geloofd toen ze hem had gevraagd wanneer haar verjaardag was en hij er net als alle jaren tevoren één dag naast had gezeten! De waarheid begon hem nu langzaam te dagen. Dit was geen griepje of een houten kop na een nachtje doorzakken. Dit was oneindig veel erger! Hij kon niet even snel naar de dokter hollen en om een pilletje vragen. 'Dokter, heeft u ook iets tegen vrouw-zijn? Ziet u, gisteren ging ik slapen als een man en vanochtend werd ik wakker als een vrouw. Een microbe opgedaan, denk ik, dokter. Deze pilletjes, zegt u? Drie maal daags, na het eten? En dan ben ik gewoon morgen weer de oude? Met prima functionerende primaire geslachtskenmerken en al! Dank u dokter, tot de volgende keer!'

Mmm, interessante denkpiste; die moet ik opschrijven voor een *Don*-special, dacht Louis meteen. De *walk a mile in my shoes*-pil. Ja, daar zat wel wat in voor een *Don*-special. In ieder geval had hij als vrouw nog altijd zijn journalistieke reflex behouden, een eigenschap waarmee hij het tot de hoogste post had geschopt bij *Don*... *Don. Don*! *Don*!! Miljaar! De vergadering! De nieuwe Nederlandse investeerders! Die hele vergadering was hem natuurlijk met deze toestand ontschoten.'

Hij liep meteen naar de keuken, waar Charlotte nerveus met de potten stond te rommelen. Ze was nog altijd niet van de schok bekomen en probeerde haar gedachten te ordenen. Ze rangschikte haar verzameling potten en pannen naar grootte toen ze door een gillende Louis uit haar mijmeringen werd gehaald.

'Charlotte! Charlotte! Ik kan niet naar de vergadering; zie mij hier nu staan.'

'Maar je moet, Louis. De toekomst van *Don* hangt ervan af. Jouw toekomst.'

'Allez, Charlotte. Mijn toekomst. Ik heb geen toekomst. Ik ben een vrouw, in godsnaam.'

'Hela gast, dimmen hé! Hebben vrouwen dan volgens jou geen toekomst?'

'Maar nee, dat bedoel ik niet. Ik bedoel, eh, ik ben een slechte vrouw, Charlotte. Ik ben Louis. En geef toe, Louis was als vent dik in orde, maar als vrouw ben ik echt waardeloos, geloof me.'

'We moeten uitzoeken hoe dit gebeurd is, Louis, maar eerst moet jij eens leren niet alleen maar aan jezelf te denken. Als er zo dadelijk geen vergadering is, zal *Don* en uitgeverij Hercules op de fles gaan. Dan zit jij niet alleen zonder werk, maar met jou ook een boel andere mensen. En die mensen hebben er geen boodschap aan of jij nu wel of niet in het bezit bent van mannelijke, dan wel vrouwelijke organen. Dus verman je.' En hier moest Charlotte toch wel even grijnzen. 'Of vervrouw je. En bedenk een plan hoe je die presentatie kan gaan doen.'

'Jij moet die presentatie doen, Charlotte!'

'Niks van, ik ken geen fluit van bladen maken. Laat het toch door Bruno doen. Of door Vic zelf.'

'Ach, die kennen er al helemaal niks van. Bruno is een marketing-pipo, die kent niks van de redactionele kant van een blad maken. Al beweert hij zelf wel het tegendeel. En Vic kan balansen lezen en nota's naar zijn secretaresse schrijven, maar daarmee is de top van zijn creativiteit wel bereikt.'

'Dan zit er niks anders op dan dat je het zelf doet, hé Louis. Dan zeg je maar dat Louis ziek is of zo. En dat jij hem vervangt.'

'Maar hoe dan? En ziek kan niet, want dan komen ze misschien naar hier om me te bezoeken. Ik moet zogezegd het land uit, Charlotte. En mijn vrouwelijke ik vervangt Louis. Ik ben...'

'Je bent de nicht van Louis! Je bent Louise! Dat is het ! Zo kan je je niet verspreken. Geniaal! En jullie kennen elkaar heel goed en vertellen alles tegen elkaar. En Louis heeft jou gevraagd om de presentatie te doen omdat hij dringend, euh...'

'Naar het buitenland moest! Om zijn zieke vader te bezoeken! Dàt is het. Ergens ver genoeg. Canada! Ik zit ergens in Canada bij mijn zieke vader! Ik moest halsoverkop vertrekken en ik heb mijn nichtje gevraagd om de presentatie te doen. Charlotte, je bent geniaal!'

Louis kuste Charlotte op de mond en liet haar verbouwereerd achter bij het aanrecht.

Hoofdstuk 2

De chaos op de *Don*-redactie was compleet. Vic sprong bijna uit zijn vel van woede. Tot overmaat van ramp stond Bruno, zoals steeds strak in een Italiaans maatpak en zijn lange blonde haren achteruit in de nek gekamd, nu ook op Vic in te praten om hem de presentatie te laten doen, daarbij geruggensteund door Anouk, met wie hij al jaren een knipperlichtrelatie had: aan, uit, aan, uit. Oh ja, Bruno had natuurlijk ook nog ergens een vrouw verstopt, maar Anouk was ervan overtuigd dat de dag nakend was dat Bruno voor haar zou kiezen. Voor haar, voor eeuwig en voor altijd! En ze gingen nu samen in de strijd met Vic, terwijl Kaat en Patrick van de redactie meeluisterden. Kaat was bij *Don* verantwoordelijk voor de lifestyle en was een sympathiek maar enigszins naïef meisje. Oh ja, en Kaat was single. Heel érg single. En Patrick, die bij *Don* de sport voor zijn rekening nam, had ook al niet veel ruggengraat. Een beste kerel, daar niet van, maar héél makkelijk te beïnvloeden.

'Kijk, Vic, als Louis hier niet op tijd is, zal ik het wel overnemen. Je weet dat ik het kan. Eigenlijk ben ik het die *Don* al jaren doet draaien, als een stille werker in de schaduw. Ik ben altijd bescheiden gebleven, omdat Louis mijn vriend is en ik hem niet wilde kwetsen. Dat doen vrienden elkaar niet aan. Maar als hij hier nu niet komt opdagen, speelt hij met onze toekomst. Met jouw toekomst en de mijne, maar ook met de toekomst van deze mensen hier.' Met een wijds armgebaar wees Bruno op de heftig knikkende Kaat en Patrick. Op een paar meter afstand, ergens achter een paar bureaus, stond Thomas mee te luisteren. Hij knikte niet. Hij keek alleen verbaasd toe hoe Bruno met het grootste gemak zijn vriend Louis een dolk in de rug stak, de eerste keer dat hij daar de kans toe kreeg. Thomas was de art-director en had zich altijd wat afzijdig gehouden van al die toestanden op de redactie. Hij had altijd bewondering gehad voor het talent van Louis als hoofdredacteur, maar de drankfestijnen in de Skybar en het achter de vrouwen jagen zoals Louis en Bruno dat deden, daar had hij voor gepast. Het was gewoon zijn stijl niet. En nu was hij er getuige van hoe weinig die zogenaamde vriendschap tussen Louis en Bruno voorstelde.

Bruno vervolgde zijn pleidooi: 'Ik hou van Louis als van een broer. En daarom zal ik mij ook graag opofferen om het roer hier in handen te pakken. Om de kapitein van dit zwalpende schip te worden! Niet voor mij of mijn carrière, maar voor mijn goede vriend Louis!' Anouk keek bewonderend op naar haar Bruno en wilde spontaan in haar handen klappen, maar Vic doorprikte de bubbel van Bruno en Anouk abrupt.

'Geen sprake van! Louis moet dit doen en niemand anders. Heb jij dan enig idee wat het plan van Louis was? Hoe hij de investeerders wil overtuigen? Heb je enig idee wat je hier over tien minuten wil gaan vertellen?'

Bruno keek een beetje schaapachtig en trok zenuwachtig met zijn mondhoek. Hij had geen flauw idee hoe hij *Don* zou moeten redden, maar zoals wel vaker bij managers het geval was, probeerde hij zijn gebrek aan talent te compenseren door een verschroeiende ambitie. Hij was de wandelende tegenpool van Louis. Die liep over van talent, maar hij had eigenlijk niet zo veel ambitie. Dat had hij ook niet nodig: Louis was een zondagskind, alles wat hij aanraakte veranderde in goud. Louis had altijd gelijk, vond Louis zelf, overlopend van vertrouwen. En het irritante was dat hij inderdaad altijd gelijk bleek te hebben. Louis had door zijn feeling en intuïtie geen ambitie nodig en dat vond Bruno onrechtvaardig.

'Ambitie is de laatste strohalm van de talentlozen!' had Louis hem ooit toevertrouwd in de Skybar. Bruno had schaapachtig ja geknikt, maar intussen een gezicht getrokken alsof hij iets vies had geroken. Hij had het Louis eigenlijk nooit vergeven en had toen ter plekke de eed gezworen dat hij wel eens een wedstrijd wilde houden: zijn ambitie versus het talent van Louis. Hij wist wel zeker dat zijn ambitie het zou winnen. Omdat ambitie zo verschroeiend is dat ze alles kan vernietigen.

Intussen fluisterde Jana, de receptioniste van *Don* en persoonlijke secretaresse van Vic, haar baas iets in zijn oor. Vic werd zo mogelijk nog bleker dan hij al was en depte zijn hals overvloedig met zijn zakdoek. 'Jana, geef ze koffie en water en genoeg koekjes, ga desnoods naar de nachtwinkel om karnemelk en zeg dat we er zo aankomen. We moeten tijd zien te winnen!' Vic was in alle staten. De Nederlanders waren gearriveerd en zaten te wachten in de vergaderzaal.

Bruno rook bloed, als een onvervalste hyena.

'Zal ik alvast naar de vergaderzaal gaan, chef? Iemand moet hen toch verwelkomen en even een praatje met hen slaan?'

Vic knikte afwezig.

'Goed, goed. Doe jij dat maar. Ik wacht nog even op Louis. Hij zal hier dadelijk zijn, dat voel ik gewoon. Louis zou ons nooit in de steek laten. Dit is zijn blad, zijn lust en zijn leven!'

Kaat en Patrick knikten nu ook heftig. Ze knikten eigenlijk heftig op alles. Zolang ze hun job hier konden houden zouden ze zelfs vol overgave ja hebben geknikt als er een buitenaards wezen met drie ogen, zes armen en twee antennes op het hoofd was komen binnenwandelen, die 'biddelibiddelibiddeli' zei en had voorgesteld om het blad te leiden.

Ten einde raad ging Vic nu toch maar naar de vergaderzaal. Hij vertrouwde Bruno niet helemaal en wilde het heft in handen houden. Theo Vynckier begroette hem met een cynisch lachje.

'Nou Vic! Waar blijft die jongen van je? Ik vind het bepaald onbeleefd van hem om te laat te zijn op zo'n belangrijke meeting. Als hij hier niet binnen de vijf minuten is, trekken wij onze conclusie en taaien we af.'

Theo, het hoofd van de delegatie Nederlandse investeerders, en zelf ook een rasechte Hollander met een grote bek, draaide niet rond de pot en rolde nog even figuurlijk met zijn spierballen. Vic keek naar zijn das en veegde een denkbeeldig pluisje weg. Bruno en Anouk wisselden veelbetekenende blikken uit. Bruno schoof de knoop van zijn zijden das nog even op de plaats en maakte zich klaar om recht te staan en het heft in handen te nemen. Hij zou ze hier laten zien uit welk hout hij gesneden was, hij zou een nieuw promotioneel initiatief voorstellen om de verkoop te boosten. Hij zou suggereren om covers met meer bloot te maken. Met halfnaakte vrouwen op de motorkap van snelle auto's, dat was iets wat altijd werkte. Waarom het warm water opnieuw willen uitvinden? En een gratis condoom bij elke *Don*! Oké, dat hadden zowat alle andere bladen al wel eens gedaan, maar *Don* zou het anders doen! Ze zouden een speciaal condoom gratis geven. Geen met bananensmaak of chocoladesmaak of zo maar, eh, eh, eh, een met, ja! Dat was het! *Don* zou een condoom met penissmaak gratis geven! Wat een vondst! Geniaal! En creatief! Een penissmaakcondoom! Dit was het idee der ideeën! Dit moest hij gewoon voorstellen aan de Hollanders. Die wisten al sinds Turks Fruit dat seks verkoopt. Hij wist wel hoe hij dit varkentje hier moest wassen! Eerst moest je de Hollanders met wat humor inpakken en dan, bam! recht voor de raap keihard commercieel zijn. Bruno stond op, schraapte zijn keel en keek de vergaderzaal rond. Thomas fronste zijn wenkbrauwen, Anouk smolt ter plaatse en keek hem met glanzende ogen aan. Vic wilde opstaan en Bruno tegenhouden, maar Bruno was hem voor:

'Beste Nederlandse vrienden, bedankt voor jullie komst! Het is een grote eer voor *Don* om bezoekers uit het hoge noorden over de vloer te hebben. En geloof me vrij dat ik spreek voor iedereen hier aanwezig: het is niet omdat jullie gehaktballen uit de muur trekken en pilsjes in colaglaasjes schenken dat wij vinden dat jullie minderwaardig zijn. Hahaha!'

Bruno vond zichzelf erg grappig en Anouk giechelde hardop mee om zijn flauwe grap. De Nederlanders van hun kant begonnen ongemakkelijk op hun stoel te schuifelen en keken elkaar vragend aan.

'Nee, tjongetjonge, alle gekheid op een stokkie', vervolgde Bruno nu met een Hollands accent. Vic begroef zijn hoofd in zijn handen en wiegde zachtjes heen en weer, hopend dat deze kwade droom op die manier snel zou weggaan. Thomas' mond was letterlijk opengevallen en hij keek met groeiende verbijstering naar de voorstelling van Bruno. Was die nu helemaal betoeterd geworden?

'Alle gekheid op een stokkie, noem mij maar Peppie en zeg tegen Vic maar Kokkie', vervolgde Bruno met een brede grijns. 'Want wij houden van Nederland! Wij houden van de Nederlandse mentaliteit en zijn sauna's en seksshops, waardoor de uitdrukking 'even over de grens wippen' hier in België een heel andere dimensie heeft gekregen. Hahahaha! Tjongetjonge, nou nou nou. En ik zou zeggen, als jullie hier rustig een stickie willen blowen, ga je gang, we zijn ruimdenkend, hahahaha! Maar voor wie methadon wil scoren, zou ik willen zeggen: busje komt zo, busje komt zo!'

Nu was de maat vol voor Vic. Hij stond op en richtte zich tot de Nederlandse delegatie. 'Bedankt, Bruno voor deze komische noot, maar ik wil nu tot de kern van de zaak komen. Onze hoofdredacteur Louis...'

Op dat moment zwaaide de deur van de vergaderzaal open en stapte een briesende Louise binnen. Enfin, stappen ... Ze strompelde wijdbeens binnen omdat de hoge hakken waarin Charlotte haar had gedwongen, elke andere vorm van lopen zo goed als onmogelijk maakten.

Vic keek haar verbouwereerd aan.

'Goeiemorgen Vic, goeiemorgen heren, Bruno, Anouk, Thomas.' Louise knikte de verbijsterde redactie toe. Wie was dit mens nu weer? En hoe kwam het dat deze onbekende vrouw hun namen kende?

Vic was de eerste die iets zei.

'Heb ik de eer u te kennen, mevrouw?'

'Natuurlijk Vic, ik ben Louis... eh, ik ben Louise. Juist ja, ik ben Louise De Roover. De nicht van Louis. Mijn neef heeft me gevraagd om hem tijdelijk te vervangen, en ik zal maar meteen met de presentatie beginnen, want we hebben al genoeg tijd verloren.' Nog voor iemand een bezwaar kon opperen, had Louise haar voorbereidingen bovengehaald en stak ze van wal. Nog geen half uur later barstte er applaus los in de vergaderzaal en riep Theo enthousiast tegen Vic: 'Nou jongen, ik weet niet waar je deze klassebak vandaan heb getoverd, maar het is een topwijf, hoor! Je centjes zijn binnen, kerel. We gaan ervoor! Knallen!'

Vic staarde vol ongeloof naar Louise. De nijd droop van de gezichten van Bruno en Anouk. Aan het andere eind van de vergadertafel zat Thomas Louise te bestuderen. Vraagtekens stonden in zijn ogen. Wat een energie! Wat een fascinerende vrouw! Hij kon moeilijk geloven dat dit de nicht was van Louis, flierefluiter buiten categorie en volgens Thomas een opportunistisch zwijn zonder enige scrupules. Maar deze vrouw was duidelijk helemaal anders. Dat zag hij meteen. Ze had iets mannelijks, iets onverzettelijks en stuurs, maar er was nog iets anders in haar wat hem onmiddellijk aan trok. Was het haar eerlijkheid, haar recht-door-zee mentaliteit? *'What you see is what you get'*, dacht Thomas.

Maar Louise dacht daar enigszins anders over. Wat zij in één nacht tijd had gekregen, daar kon ze zich niet mee verzoenen. Na de vergadering spoedde ze zich zo snel haar hoge hakken het toelieten terug naar de loft.

'Charlotte, laat het bad vollopen en leg de scheermesjes maar klaar op de rand. Ik stap eruit.' Louise strompelde de loft binnen en smeet de deur achter zich in het slot. Ze greep de leuning van de sofa vast terwijl zij de enkelbandjes van haar pumps losgespte. Met een zucht liet ze zich op de zetel vallen en bleef zo, met één been nogal onelegant over de rugleuning liggen met haar gezicht op onweer.

Niemand antwoordde op Louises dramatische oproep. Charlotte was er niet. Die zat op dat moment in de radio-studio, waar ze tussen de vraaggesprekken met luisteraars door zat te piekeren over wat er met Louis gebeurd kon zijn en hoe ze haar beste vriend kon helpen. Louise was blij dat er tenminste één iemand in haar buurt was geweest toen de bizarre transformatie had plaatsgevonden, en nog blijer was ze met het feit dat ze een vrouw als getuige had. Vrouwen hadden volgens haar over het algemeen meer voeling met het bovennatuurlijke en deden paranormale fenomenen niet meteen af als kolder en quatsch, zoals hijzelf als Louis altijd had gedaan. Ze moest er niet aan denken wat er zou zijn gebeurd als pakweg Bruno op de hoogte zou zijn van de gebeurtenis. Dan zou Louise nu niet thuis op de sofa liggen, maar in een dwangbuis in een gekkenhuis, daar was ze zeker van. Om eerlijk te zijn was Louise zelf ook niet helemaal zeker of ze niet gewoon de pedalen aan het verliezen was. Was ze altijd een vrouw geweest en had ze haar leven als man slechts gedroomd? De ingelijste foto van Louis op de bijzettafel bracht haar opnieuw terug naar de realiteit. Ze wàs een man. Een onschuldige man die door een of ander 'freak accident' in het lichaam van een vrouw terecht was gekomen.

Ze had Louis zijn baan als hoofdredacteur bij *Don* voorlopig kunnen vrijstellen, maar wat nu?

Louise kon het nog altijd niet geloven. Opnieuw en opnieuw betastte ze het lichaam dat nu bij haar hoorde. Op blote voeten met roodgelakte teennagels - het werk van Charlotte - sloop ze naar de badkamer om daar opnieuw een blik in de spiegel te werpen. Een mooie vrouw met halflang blond haar staarde terug. 'Dit ben ik...' mompelde Louise. 'Dit ben ik! Louise!' zei ze luider. En toen riep ze luidkeels: 'Godverdomme, wat heb ik misdaan!? Waarom ik? Waarom?' Ze zakte neer op de wc-bril en begon met lange uithalen te huilen, maar zelfs het geluid van haar eigen jammerklacht klonk vreemd in haar oren.

Hoofdstuk 3

Terwijl Charlotte probeerde uit te vissen wat er precies met Louis gebeurd was en hoe ze hem terug uit dat vrouwenlichaam kon krijgen, probeerde de redactie van *Don* in afwezigheid van hun hoofdredacteur, maar onder leiding van zijn deskundige 'nicht' een nieuwe editie klaar te stomen voor de drukker. Na Louises succes op de presentatie voor de investeerders was het voor Vic logisch dat Louise het werk van Louis tijdelijk zou overnemen, zolang die in Canada zat. Louises hoofd stond er helemaal niet naar en dat was niet verwonderlijk: ze kreeg te kampen met een hele reeks dingen die voor elke vrouw vanzelfsprekend lijken. Het hele ochtendritueel in de badkamer viel voorlopig nogal mee, omdat Charlotte zich daarover ontfermde. Ze kleedde Louise – soms letterlijk – aan en zorgde ervoor dat haar fond de teint, lipstick, blush, mascara en het oogpotlood een beetje behoorlijk op hun respectieve plekjes zaten. Het moeilijkste voor Louise bleven die verdomde hoge hakken. Hij had al twee keer een hak gebroken en Charlotte vreesde dat hij ook nog een keer zijn enkel zou verzwikken. Hij kon er nu al een beetje mee overweg, maar als je Louise soms over straat zag lopen, dacht je eerder dat er een rugbyspeler kwam aangelopen, dan een elegante verschijning. En dan die verdomde borsten. Wat was dat voor een idiote uitvinding! Als man had hij daar natuurlijk helemaal anders over gedacht, maar nu hij er zelf dag en nacht mee moest rondlopen, vond hij het behoorlijk vervelend. En mannen kéken daar dus echt de hele tijd naar, niet te geloven gewoon! Hij had de afgelopen dagen op de redactie achtereenvolgens Bruno (natuurlijk!), Patrick en Vic naar zijn borsten zien staren in het midden van een gesprek. Zelfs Thomas was even de kluts kwijt geweest toen zij zich over zijn computer had gebogen om de lay-out wat beter te bekijken. Louise begreep de hele bedoeling van borsten ook niet. Ja, oké, natuurlijk om kleine kinderen te eten te geven, dat wist ze ook wel. Maar waarom had je ze dan ook als je niet zwanger was? Dat was toch totaal overbodig? Een soort van overkill van de natuur? God die wat kort door de bocht ging en dacht; hé, dat ziet er leuk uit, dat laten we toch gewoon hangen? Ja, Louise was als Louis nooit erg gelovig geweest, maar nu dit haar allemaal overkomen was, dacht ze daar toch anders over. En nu ze in dat vrouwenlichaam zat wist ze het wel zeker: God was een man, in weerwil van alles wat sommige progressieven ons wilden doen geloven. Want als God een vrouw was geweest, dan had hij haar nooit permanent borsten gegeven, dat wist Louise wel zeker.

Haar rinkelende gsm onderbrak haar gefilosofeer. Charlotte had nieuws: het was al wel duidelijk dat er zich iets bovennatuurlijks met Louis had voorgedaan en dus zouden ze dat moeten counteren met iets anders bovennatuurlijks. Ze had er net in de radio-uitzending een item over gedaan en een beller had haar verteld over een ontmoeting met een witte heks die haar hele leven had veranderd.

'Louise, dat is het gewoon!' gilde Charlotte opgewonden door de gsm. 'We moeten zo'n witte heks gaan opzoeken. Er is een hele beweging van mensen die zich met wicca bezighouden, want zo heet die witte of goede hekserij.'

Louise stond enorm sceptisch tegenover dat soort van hocus pocus, maar ze begreep dat ze weinig keuze had, wilde ze ooit nog terug in Louis veranderen.

'Oké', antwoordde ze. 'Maak maar een afspraak met zo'n witte heks. En snel!'

Op dat moment stapten Vic en Thomas samen het bureau van Louise binnen. Vic viel meteen met de deur in huis.

'Louise, we moeten nu echt heel dringend een thema hebben voor het volgende nummer, of we komen in tijdsnood. Je hebt ons twee dagen geleden beloofd dat we eraan zouden kunnen beginnen.'

Thomas beaamde wat Vic had gezegd. 'Als we er nu niet aan beginnen, vinden we nooit nog een covermodel. Om maar over de artikels te zwijgen die nog moeten geschreven worden. Ik begrijp dat je misschien niet veel ervaring hebt met het maken van magazines, maar deadlines kunnen echt niet wachten: we moeten van start gaan.'

Louise wist dat Thomas gelijk had. Zij moest het nummer indelen: bepalen welke artikels door wie zouden geschreven worden, welke fotografen aan de slag moesten en het belangrijkste : wie er op de cover moest. Ze keek Thomas glimlachend aan en loog: 'Maar ik heb het thema al bedacht hoor, ik wilde net de redactie bijeen roepen. Volgen jullie me?' Louise vroeg aan Jana om iedereen naar de vergaderzaal te laten komen en liep alvast vooruit. Thomas kon zijn ogen nauwelijks van haar afhouden. Hij wist niet wat er met hem aan de hand was, maar die Louise had iets wat hem geweldig aantrok. Ze wist van aanpakken, liet duidelijk niet met zich sollen en had tegelijk ook een soort van verborgen kwetsbaarheid die hij alleen kon zien, zo leek het wel.

'Dames, heren, we gaan het nieuwe nummer indelen.' Louise stak meteen van wal op een toon die geen tegenspraak duldde. 'Het thema voor het volgende nummer is: heksen. Ik wil een interview met een witte heks, een reportage van een heksensabbat –Patrick da's voor jou – en een artikel over de beroemdste heksen van Vlaanderen door de eeuwen heen: wie waren ze, wat voelden ze, waarom was de kerk er bang van en bleven ze echt drijven als je ze in het water gooide. Dat laatste was een grapje, Bruno, en doe je mond dicht want hij staat helemaal open en straks vliegt er nog een mug in.'

De voltallige redactie keek met totale verbijstering naar Louise. Heksen! Waar hààlde ze het in godsnaam? Dit was een mànnenblad. Daar zette je toch geen heksen in? Mannen dachten bij heksen aan hun schoonmoeder of een gekke oudtante met een pukkel op haar neus die bij familiefeesten haar borsten op je schouder kwam leggen als je aan tafel zat en die muf rook, zoals alleen oude mensen kunnen ruiken. En dat wilde die Louise op de cover zetten?

Bruno sputterde als eerste openlijk tegen.

'Met alle respect, Louise, maar je maakt zeker een grapje? Wij zitten al lang in het vak en geloof me: heksen, dat gaat niet marcheren. Niemand wil iets over heksen weten. Onze lezers willen geen vrouwelijke tovenaars die eruitzien als een kruising tussen Gandalf en de Grote Smurf. Onze lezers willen...'

Louise onderbrak Bruno nog voor hij zijn zin kon afmaken.

'Heb ik dan gezegd dat hierover kon onderhandeld worden? Heeft iemand gehoord dat ik zei: wat zouden jullie denken van een heksenspecial? Nee toch? Ik dacht dat ik duidelijk heb gezegd: we gaan een themanummer rond heksen maken. Zorg jij nu maar dat we een leuk covermodel hebben, Bruno, dan maak je jezelf ook eens nuttig.

Iedereen keek een beetje naar iedereen en bleef zitten, omdat ze niet helemaal zeker waren of dit wel het einde van de vergadering was. Misschien ging Bruno nog in de tegenaanval? Of kwam Vic tussenbeide? Het was uiteindelijk Thomas die overeind veerde en enthousiast in de handen begon te klappen.

'Heel goed thema! Ik zie het helemaal zitten. Eindelijk durven we eens wat verder te denken. Heel goed, Louise, *thinking out of the box*, zoals de Amerikanen zeggen. Een frisse wind, nieuwe ideeën! Bevrijd van de ketenen van het hokjesdenken!'

Het enthousiasme van Thomas stak nu ook Vic aan. Die stond nu ook op.

'Inderdaad. *The box! Think!* Correct, Thomas! *Yes!* En komaan nu, mensen, aan de slag. Hop hop, je hebt Louise toch gehoord!'

Theo, die zich tijdens de hele vergadering gedeisd had gehouden, kwam naar Louise toe.

'Goed gedaan, klassebak. Hopelijk verkoopt je idee ook een beetje, want die investering van ons moet wél renderen hoor. Je gaat in elk geval doortastend te werk en daar hou ik wel van.'

Bruno had zich als bij wonder herpakt en liep nu achter Theo aan terwijl hij heftig ja knikte. 'Out of the box, ja, dat wel. Dat klopt, we moeten dat erkennen, hé Theo. Maar inderdaad, gaat het werken? Is het commercieel genoeg? Want wie risico's neemt, kan ook op zijn, of in dit geval hààr, smoel gaan, dat hoort er bij. Fly like an eagle or scratch with the chickens, zoals ze zeggen!'

Louise sloeg al lang geen acht meer op Bruno. Dat ze als Louis ooit beste vrienden was geweest met die kerel kon ze al helemaal niet meer begrijpen. Zo'n slijmbal en zo'n onderkruiper! Dat hij dat niet eerder gezien had! En die Thomas was best wel een heel toffe kerel. Terwijl hij dat nu net vroeger een triestige plant had gevonden. Netjes en altijd klaar met zijn werk, dat wel, maar Jezus Christus, hoe saai! Nooit mee naar de kroeg, nooit eens een keertje lekker uit de bol gaan met de kerels. En nu begreep Louise plots dat ze net dat trekje bij hem wel leuk vond. Bizar. Maar nu moest ze er dringend vandoor. Charlotte had voor vanavond een rendez-vous geregeld met die witte heks. Vandaag zou hopelijk de laatste dag zijn dat hij hier als Louise zou rondlopen. Morgen was Louise niet meer dan een vervelende herinnering, een anekdote waar hij achteraf nog eens hartelijk om zou kunnen lachen met Lotje, en stapte hij hier terug binnen als Louis. Zeker weten.

Beste lezer,

Het is nu al even dat Louis gevangen zit in de huid van een vrouw, en met dat feit gaat hij, om eerlijk te zijn, niet bijzonder goed om. Een van de eerste dagen nadat het noodlot toesloeg, toen ik mij klaarmaakte voor mijn dagelijkse joggingronde, lag hij nog in bed en hoorde ik hem janken en vloeken. Toen ik na een uurtje terugkwam, lag hij daar nog altijd. Gekleed in een boxershort en een voetbalshirtje lag hij apathisch op zijn rug naar het plafond te staren. Ik heb mijn gymschoenen uitgetrokken en ben naast hem gaan liggen, met mijn armen om hem heen. Het voelt raar. Mijn beste vriend is weg, misschien wel voorgoed.

Toen Louis en ik erachter kwamen dat de vrouw die een banvloek over hem heeft uitgesproken niet meer op de plek woont waar Louis die ene fatale nacht met haar heeft doorgebracht, hebben we samen een zoektocht ondernomen naar de bron van haar magische krachten. Dat bracht ons bij een zogenaamde spiritist die ons zou inwijden in de wereld van de wicca. Veel wijzer zijn we er niet van geworden. Het enige wat we nu weten is dat de planeten slechts één keer in de tienduizend jaar op één lijn staan, waardoor de natuurwetten van tijd en ruimte overboord gaan en alle transformaties mogelijk zijn. Eens in de tien-dui-zend jaar! Toen we terug in ons appartement kwamen, hebben Louis en ik een fles champagne gekraakt en gedronken op onze 'meidenvriendschap', die dus nog negenduizend negenhonderd negenennegentig jaar en vijftig weken zal duren. God, wat heb ik medelijden met hem. Maar God, wat maakt hij me het leven lastig.

Gisteren is Louis voor het eerst met me mee gaan lopen. Hij voelde zich depressief en opgeblazen – pms als je het mij vraagt – en ik heb hem uit bed gesleurd en in een van mijn joggingtenues gehesen. Hij begon meteen te klagen over het feit dat de broek knelde en het vest te klein was, en hij zei dat zijn billen en buik dikker waren geworden. Het was een hele klus om hem ervan te overtuigen dat dat kwam doordat ik gewoon tien centimeter kleiner ben dan hij.

Toen we even later langs de Martelaarslaan richting Citadelpark renden, kwamen we achtereenvolgens langs een winkel met zelfbewegende fitness-apparaten die ons vrouwen per direct een maat minder beloofden en een zaak waar ze pillen verkopen die overtollig vet als sneeuw voor de zon laten smelten. Bij allebei die zaken bleef Louis nogal lang staan dralen, terwijl hij pro forma een paar rek-en-strekoefeningen deed. 'Lotje, zeg eens eerlijk, ben ik te dik voor een vrouw?' Ik wist niet wat ik hoorde! Wat complexen betreft is Louis al helemaal geïntegreerd in haar nieuwe rol als vrouw, pfff.

Voor de rest is het moeilijk om hem te motiveren naar de redactie te blijven gaan. De sfeer daar is er ook niet op vooruitgegaan sinds Louis 'naar Canada is gevlogen om zijn zieke papa te gaan verzorgen'. De economische crisis speelt de uitgeverij parten, de nieuwe investeerder blijkt niet geheel onvoorwaardelijk in zijn portemonnee te hebben getast om Hercules uit het slop te trekken en eist nu ook inspraak in de inhoud van Don, en Bruno aast op de job van Louis als een geile hond op een mensenknie. Bovendien is de redactie uitgebreid met een nieuwe medewerkster: Nathalie, de dochter van Vic die juist is teruggekeerd uit Australië, waar ze communicatie studeerde. Naar het schijnt is ze daar van school getrapt, nadat ze in een poging om haar cijfers op te krikken een van haar professoren heeft verleid. Vic schijnt haar daarom maar een job bij Hercules cadeau te hebben gedaan. Helaas waren alle vacatures al ingevuld en moet Kaat daarom niet alleen haar bureau maar ook haar job met Nathalie delen. Niet bepaald een goede zet van Vic, als je het mij vraagt. Tel daarbij dat Thomas een hardnekkige fascinatie heeft opgevat voor zijn nieuwe hoofdredactrice en je begrijpt dat Louis liever in zijn bed blijft liggen dan zich op wankele hakken in dat wespennest te steken. Maar hij zal wel moeten, als hij zijn job niet wil verliezen. En ik zal hem helpen om deze periode zo goed en zo kwaad mogelijk te overbruggen. Desnoods de komende tienduizend jaar, als dat nodig is.

O ja, na dat uurtje lopen hebben we onszelf verwend met een stuk chocoladetaart in een brasserie. Weet je wat Louis daar aan de garçon vroeg? 'Er zit toch niet te veel chocolade in? Ik moet aan mijn lijn denken.' Nou vraag ik je!

Morgen ga ik met Louis naar een heksencafé. Een vrouw belde naar Radio Bavo nadat ik een oproep lanceerde voor witte heksen. Zij wist te vertellen dat je moderne heksen kon vinden in de Terra Meiga, een zogenaamd esoterisch cafeetje aan de rand van de stad. De strijd is nog niet gestreden, we geven niet op. Ik kan de planeten niet eigenhandig op één lijn trekken, maar afgezien daarvan zal ik er alles aan doen om van Louis weer een man te maken, hoewel de eerlijkheid mij gebiedt toe te geven dat ik het ook een klein beetje uit eigenbelang doe.

Groetjes van jullie toegewijde,

Charlotte

Hoofdstuk 4

De vrouw achter de toog van het wiccacafé Terra Meiga zag er helemaal niet als een heks uit. Zelfs niet als een witte heks. Louise en Charlotte waren samen naar hier gereden en hadden afgesproken om even de kat uit de boom te kijken voor ze zich voorstelden. Overal in het café hingen poppen van heksen op een bezemsteel en op elke tafel stonden gigantische druipkaarsen die een spookachtig licht op de muren toverden. Na één nipje van haar witte wijn kon Louise zich al niet meer inhouden en sprak ze de vrouw achter de bar aan.

'Dag mevrouw. Mijn vriendin en ik hadden het er net over dat u eigenlijk helemaal niet op een witte heks lijkt.'

De vrouw achter de toog lachte. 'Dat komt dan waarschijnlijk omdat ik geen witte heks ben, juffrouw. Ik ben hier alleen om drankjes in te schenken. En tussen ons gezegd en gezwegen geloof ik ook helemaal niet in die flauwekul. De dag dat de heksen die hier komen mijn loden regenpijp in goud veranderen, dàn zal ik erin geloven, maar eerder niet. Maar als u een heks zoekt; die meneer daar, aan dat tafeltje achteraan, noemt zichzelf een heks.'

Louise trok een grote frons in haar voorhoofd en keek naar Charlotte.

'Een vent? Hoezo een vent? Heksen zijn vrouwen en venten zijn, dinges, toch, allez. Tovenaars! Venten zijn tovenaars! Merlijn, dat was een tovenaar. Maar toch geen heks? Wat een onnozel gedoe is dat hier, zeg?'

Charlotte pakte Louise bij de pols en keek haar strak in de ogen.

'Louise De Roover, nu ga jij eens goed naar mij luisteren! Die vent daar – of hij nu een heks is, een tovenaar, de Grote Smurf of kabouter Pinnemuts – maakt mij helemaal geen moer uit. Als hij ervoor kan zorgen dat jij morgen weer gewoon rondloopt als die goeie ouwe Louis, zal ik in elk geval de koning te rijk zijn.'

Louise liet berouwvol haar hoofd zakken. Ze wist dat Charlotte overschot van gelijk had, maar het leek allemaal zo ongelooflijk onnozel. Had die vent dan een toverstokje of zo? Kon hij konijnen uit zijn hoed toveren? Enfin, ze zouden wel zien. Ze stapten allebei naar de man en schoven bij hem aan tafel. De vent zag er onberispelijk uit in zijn weliswaar wat ouderwets driedelig pak. Aan elke vingers droeg hij een knoert van een zilveren ring en zijn rechterhand rustte op een antieke wandelstok waarvan het handvat in ivoor was uitgevoerd. Het stelde een uilenkop voor en de ogen van de uil waren ingelegd met een of andere edelsteen. Een saffier, gokte Louise. Duur spul. Toen Louise haar verhaal vertelde, knipperde de man niet eens met zijn ogen. Hij vertrok geen spier en keek afwisselend naar Charlotte en Louise. Toen Charlotte zei dat ze van de spiritist had gehoord dat de planeten op de nacht dat Louis veranderde in Louise op één lijn stonden en dat op zo'n moment alle wetten van tijd en ruimte worden opgeheven, knikte de man – hij noemde zichzelf Ortwin – bevestigend. Hij streek nadenkend even over zijn grijze baardje en richtte zich tot Louise.

'Inderdaad. Alle wetten van tijd en ruimte gelden op dat moment niet meer. Een gewone waarzegger kan je hier natuurlijk niet mee helpen, dat is duidelijk. Het is goed dat je naar mij bent gekomen, ik ben toevallig een autoriteit op het gebied van transformaties.

'Oh ja, heb je misschien te veel naar *Transformers* gekeken op tv?'

Louise kon zich niet meer houden. 'Een autoriteit op gebied van transformaties, alsjeblieft zeg! En misschien kunt u zich 's avonds ook op eenvoudig verzoek in een vleermuis veranderen? Of meteen in Dracula? En die bokken waar jullie tegenwoordig op rijden, trekt dat een beetje behoorlijk op? Of nee, het zijn natuurlijk bezems waarmee u rijdt. Is dat tegenwoordig nog zo'n ouderwetse bezem, of zijn jullie intussen overgeschakeld op Swiffers? En voor heksen die het zich kunnen permitteren een goeie stofzuiger? Werkt het zo?' Louise werd andermaal aan de mouw getrokken door Charlotte. Die vond het ook allemaal nogal wazig, maar ze begreep dat ze weinig keuze hadden.

'Kijk, mevrouw, ik begrijp uw sarcasme. En u moet mij natuurlijk niet geloven, maar ik zweer u dat er een mogelijkheid is dat ik u terug naar uw natuurlijke staat kan brengen. Ik moet alleen het ectoplasma dat uw huidige staat bepaalt oproepen en terugsturen naar het rijk van Anubis. Dat is mogelijk, maar niet makkelijk. Ik moet daarvoor vele speciale krachten oproepen met edelstenen, half-edelstenen en zeldzame kruiden. Ik kan u helpen, maar dat zal wel 5000 euro kosten. Niet voor mij natuurlijk, maar aan materiaalkosten.'

Louise had het nu echt wel gehad met die kerel.

'Kijk eens, meneer Knortwin...'

'Ortwin!'

'Ja ja, *whatever*. Luister eens goed, Edwin. Ik herken bullshit van op een halve meter en volgens mij stinkt dat hier. Ik geloof geen fluit van uw uitleg en ik ga hier zeker geen 5000 euro afdokken.'

'Mij best. Als u verder wil leven als vrouw is dat uw eigen keuze. Ik ben niet naar u gekomen, mevrouw. U bent mij komen opzoeken.'

Daar had Ortwin natuurlijk een punt. Charlotte excuseerde zich even bij hem en trok Louise mee naar de vrouwentoiletten.

'Kijk, Louise, als je je zo gaat blijven aanstellen, zul je nooit meer opnieuw in het lijf van Louis geraken. Ik begrijp dat het allemaal nogal moeilijk te geloven is, maar geef toe: dat was jouw transformatie van Louis in Louise ook hé! Dus: afdokken, zou ik zeggen. Of wen anders alvast maar aan die reclames die je een 'droog en veilig gevoel' beloven en die vanaf nu dus helemaal voor jou bedoeld zijn.'

Dat was de gevoelige snaar, waar Charlotte naar op zoek was. Ze zag de afschuw op het gezicht van Louise en ze duwde nog even door: 'actieve bifidusdrankjes zul je ook kunnen gebruiken vanaf nu. Kwestie van dat opgeblazen gevoel te bestrijden, hé Louise. En wat dacht je van die meneer die in de vezels van je wasgoed stapt en ervoor zorgt dat alles door en door schoon is?'

'Stop! Stop! Ik heb het begrepen. We doen het. Ik heb geen keuze.'

Ze stapten samen op Ortwin af en zeiden dat ze een deal hadden.

'Een wijs besluit. Overmorgen is het nieuwemaan. Dan moet het gebeuren. Kom iets voor middernacht naar het natuurpark Overmeers, ingang Sint-Denijslaan. En vergeet niet de 5000 euro cash mee te nemen.'

Ortwin stond op, zette zijn hoed op, tikte er even met zijn vinger tegen ten teken van groet en wandelde het café uit. Louise en Charlotte gingen terug naast elkaar aan de bar zitten en staarden een tijdje zwijgend voor zich uit. 'Als dit lukt, vreet ik die vent zijn hoed op, ik zweer het', mompelde Louise. Charlotte durfde haast niks te zeggen, uit schrik dat elk woord te veel zou zijn.

Twee dagen later parkeerde Charlotte haar auto aan de oostelijke parking van het natuurdomein Overmeers. Ortwin stond al te wachten, naast zijn Amerikaanse slee. Louise herkende onmiddellijk het merk: het was een Oldsmobile Rocket 88 convertible uit begin jaren vijftig. Louise was zelf helemaal gek van oude Amerikaanse auto's en ze wist in elk geval dat deze beauty een hele hoop geld moest hebben gekost. Het was zo'n type met vleugels achteraan op de flanken en met het reservewiel op de koffer gemonteerd. Toen hij dichterbij kwam, zag hij dat de auto roodgelakt was. Coca-cola rood.

'Mooie auto, meneer Ortwin. De zaakjes gaan goed, blijkbaar?'

'Er is meer tussen hemel en aarde dan wij stervelingen kunnen bevroeden, mevrouw Louise. Geld is een middel, geen doel. En over geld gesproken: hebt u het vereiste bedrag in contanten kunnen meebrengen?'

Louise overhandigde de enveloppe met de vijftig bankjes van 100 euro.

'Ik hoop maar dat je zeker van je zaak bent, Ortwin. Want als iemand me zomaar 5000 euro afhandig maakt, zou ik wel eens heel kwaad kunnen worden.'

Ortwin antwoordde niet en gebaarde hem te volgen. Nu merkten Louise en Charlotte pas dat hij een lange mantel aan had die hij stevig had dichtgeknoopt, maar onderaan die jas kwam toch nog een stukje zoom van een wit kleed piepen. Ortwin had zijn ceremoniële kleding aangetrokken. Louise hoopte van harte dat ze dadelijk niet moest gaan dauwtrappen of rond de meiboom moest gaan dansen of zo, want dan zou ze het helemaal besterven. Ze liepen een kwartier of twintig minuten door zonder een woord te zeggen. Louise en Charlotte moesten goed opletten waar ze liepen, want het was een totaal maanloze nacht. Dat was dus nieuwemaan! Louise had er eerlijk gezegd nog nooit bij stilgestaan. Vollemaan kende ze, dat was nogal evident. Maar de andere maanstanden, daar had ze het raden naar. Het eerste kwartier, daar had ze ook wel eens van gehoord en van halvemaan. Maar daar hield haar kennis van de hemellichamen dan ook op. Of toch niet: er was ook één sterrenbeeld dat ze kon herkennen. De Grote Beer. Die leek op een steelpannetje. Of was dat de Kleine Beer. Ach, wat kon het haar ook schelen. Eindelijk hield Ortwin halt. Op een wat hoger gelegen heuvel, volgens hem een oude Keltische grafheuvel, stopte hij. Hij ontdeed zich van zijn jas waaronder hij een soort wit kleed droeg, meer een pij zoals je bij de paters wel eens zag. Ortwin nam uit een rugzak een zakje met wit poeder en daarmee tekende hij langzaam verschillende geometrische patronen op de droge zandgrond. Louise herkende een pentagram, de vijfpuntige ster die al vierduizend jaar geleden symbool stond voor de vijf elementen: vuur, water, aarde, lucht en hout. Waarom moeten ze toch altijd pentagrammen tekenen, dacht ze bij zichzelf? Het lijkt wel een strip van de Rode Ridder. Rond het pentagram werd vervolgens door Ortwin een grote cirkel getekend. 'Kom, we moeten opschieten. Zo meteen is het middernacht en dan staan de planeten goed. Kleed je maar uit, Louise.'

Louise keek verschrikt naar Ortwin.

'Ben je nu helemaal van lotje getikt, idioot? Ik ga me hier niet uitkleden, vieze ouwe vent!'

'Oké, dan niet', grijnsde Ortwin. 'Maar geef toe, het was het proberen waard. Hier, dit zijn de edelstenen die ik voor je gekocht heb. Ze zullen je zuiveren en het ectoplasma uit je lichaam drijven.'

Louise monsterde de stenen: ze dacht dat ze saffieren, robijnen en een enkele diamant herkende. Misschien was die Ortwin toch wel in de haak. Als ze deze stenen morgen verkocht, had ze waarschijnlijk haar geld terugverdiend.

'Steek de stenen op zak en ga nu samen met Charlotte in het midden van de cirkel en het pentagram zitten. Neem dit boek, hou het goed gesloten en herhaal deze woorden: 'Antigone Suskus. Louise! Louis! Klubik wapperdam, wapperdam klubik!'

De spreuk kwam Louise vaag bekend voor, maar dat kwam waarschijnlijk omdat haar naam erin voorkwam. Ortwin klopte nu op een gong die hij had meegenomen en murmelde wat rare spreuken.

'Antigone Suskus. Louise! Louis! Klubik Wapperdam! Wapperdam Klubik! Godverdomme!' Louise vloekte en wilde rechtspringen, maar Charlotte sleurde haar terug naar beneden. Op dat moment smeet Ortwin een soort vuurbal in de cirkel. Een grote witte steekvlam die leek op te stijgen uit de grond verblindde Louise en Charlotte. Charlotte, die rotsvast in de krachten van Ortwin geloofde, greep naar Louise en schreeuwde het uit: 'Louis, ben je terug? Louis?!'

'Louis is er niet, schatje', antwoordde Louise mat. 'We hebben ons voor 5000 euro laten rollen door die hufter.' Ze zaten allebei nog op de grond en zagen alleen maar witte vlekken voor hun ogen dansen. 'Ik wed dat Ortwin al lang terug in zijn Oldsmobile zit en zich een ongeluk lacht. Het drong pas tot me door dat hij een spel met ons speelde toen ik die spreuk moest nazeggen. Weet je nog wel: Klubik wapperdam, wapperdam klubik?'

Charlotte keek Louise niet begrijpend aan.

'Da's een spreuk uit Suske en Wiske, Charlotte. Van Sus Antigoon. Die Ortwin is gewoon een bedrieger, zoals ik al vermoedde. En die edelsteentjes in mijn zak hier zullen ook wel vals blijken te zijn. Kom, we gaan maar weer.'

Charlotte barstte in tranen uit en klampte zich vast aan Louise.

'Het is allemaal mijn schuld, Louise. Sorry. Ik wilde die man zo graag geloven.'

'Ach, trek het je niet aan Charlotte. Om mij te bedotten zal die Ortwin toch van verder moeten komen. Ik ben eens benieuwd of hij nog hard lacht als hij straks die envelop met 5000 euro openmaakt en merkt dat die biljetten nep zijn. Afgedrukt met de kleurenprinter van *Don*! Ingescand door mijzelf. Eens kijken welk boek hij heeft achtergelaten. Mmm, Morosofie, de encyclopedie van de domheid. Hij heeft wel humor, die Ortwin.'

Charlotte keek met open mond naar Louise en gaf haar dan een harde stomp tegen de schouder.

'Had je dat niet eerder kunnen zeggen, dat je die vent zou betalen met vals geld?'

'Nee, want dan had je je misschien verraden. Bovendien vind ik het leuk om met je voeten te spelen, dat weet je toch, Charlotje? En trouwens: je weet goed genoeg dat ik die Ortwin graag 5000 euro had gegeven, als ik nu terug Louis was geweest. Maar het heeft niet mogen zijn, Charlotte De Wilde, en dus moeten we verder blijven zoeken. Misschien geraken we er wel met de hulp van Sus Antigoon, *klubik wapperdam* nog aan toe!'

Beste lezer,

Mijn hoofd tolt. Er is zoveel gebeurd en ik weet niet goed waar te beginnen. Misschien dan maar bij het begin? Na de desastreuze nacht met de valse witte heks Ortwin heeft Louise een soort van klik gemaakt. Het is heel gek, maar het lijkt wel alsof ze zich meer en meer bij de situatie begint neer te leggen. Het feit dat ze een vrouw is stoort haar niet meer elke minuut en op de redactie heeft ze blijkbaar een goeie band opgebouwd met Thomas. Ze is zelfs al bij hem thuis geweest en ze heeft daar kennisgemaakt met zijn dochtertje. Niet dat iemand wist dat Thomas een dochter had, want dat had hij in al die tijd aan niemand op de redactie verteld. Behalve nu dan, aan Louise. En toen ze me dat thuis vertelde, had er bij mij normaal een lichtje moeten gaan branden. Waarom maakte Thomas voor Louise een uitzondering? Waarom mocht de hele redactie niets weten en Louise plots wel? Inderdaad, juist geraden, spijker op de kop, geen twijfel mogelijk: Thomas begon tot over zijn oren verliefd te worden op Louise. Zij vond hem wel sympathiek, maar ze had verder natuurlijk niks door. Ha, venten kunnen toch zo'n stommelingen zijn! Enfin, Louis bedoel ik dan, hé. In al die jaren dat Louis mijn maatje was, heeft hij nooit één seconde door gehad dat ik op hem verliefd was. Nog geen halve nanoseconde! En nu hij een vrouw is, ziet hij het nog altijd niet aankomen. Mannen hebben niet alleen een bord voor hun kop als vent, ze zijn ook nog eens onuitstaanbaar als vrouw, blijkt nu! Nu ja, ik heb het allemaal een beetje in elkaar moeten puzzelen aan de hand van mijn gesprekken met Louise, mijn geneus in haar computerlog (ja, ja, ik weet dat het onfatsoenlijk is maar nood breekt wet) en een grote dosis vrouwelijke intuïtie. En reken maar dat ik die heb, in tegenstelling tot Louise.

Maar dat is lang niet het ergste wat gebeurd is. Op de redactie is inmiddels de hel losgebroken. Bruno is zo kwaad en jaloers dat Louise nu hoofdredacteur is, dat hij haar op alle manieren probeert te boycotten. Zo heeft hij het vertikt om een covermodel voor het heksennummer te boeken bij de modellenbureaus of afspraken te maken met de managers van BV's. Het resultaat was dat er de dag voor het heksennummer in druk moest gaan, nog altijd geen cover was. Bruno gebaarde van kromme haas en had Patrick en Kaatje de opdracht gegeven niet langer mee te werken met Louise omdat ze volgens hem de ondergang van het blad zou worden. 'Zagen ze dat dan niet?' dat zo'n heksennummer gewoon te belachelijk voor woorden was? Nee, Bruno had een volledig alternatief nummer uitgewerkt en was gaan lobbyen bij Vic om zijn idee erdoor te drukken. De avond voor het nummer in druk moest gaan, was er nog altijd geen cover. Louise was uit pure wanhoop zelf wat contacten beginnen bellen, maar die waren niet geneigd om meteen in de bres te springen voor de nicht van Louis De Roover. Als het zo belangrijk was, zou Louis zelf wel bellen, dachten ze. En neem ze dat eens kwalijk. En toen deed Thomas een onverwachte zet. Hij stelde Louise 's avonds voor óm hàr te fotograferen voor de cover. Eerst stribbelde ze nog tegen, maar hij wist haar over de streep te trekken. Ze hadden de hele nacht doorgewerkt aan de foto's en toen ze tegen de ochtend bij Thomas thuis kwamen, viel Louise daar op de bank in slaap. Nathalie, de dochter van Vic die de job van Kaat wilde overnemen en daarvoor geen sluwe streken schuwde, had diezelfde ochtend op de redactie de lelijkste foto uit de fotoshoot van Louise geselecteerd en bij Bruno gelegd. Daarmee wilde Nathalie natuurlijk ook Louise dwarszitten, want die stond als een levensgroot obstakel tussen haar en Thomas, op wie ze zelf een oogje had laten vallen. En als Nathalie iets wilde, dan kreeg ze het. Zo was ze het toch gewend. Het resultaat was dat Bruno op hoge poten naar Vic stoof met de lelijke coverfoto en eiste dat deze onzin onmiddellijk moest stoppen en dat zijn alternatieve cover moest gekozen worden voor het volgende nummer. Vic zwichtte, gaf Bruno carte blanche en ontsloeg Louise in één ruk op staande voet! Via de telefoon, nota bene! Louise was na haar nachtje op de bank bij Thomas terug naar onze loft gegaan. Ze belde me op met het nieuws. Zelf had ik net een fikse ruzie met Maarten achter de rug. Ik moet eerlijk zeggen dat mijn hoofd niet helemaal naar Louises geklaag stond, maar toen ze me de ernst van de situatie duidelijk maakte, ben ik onmiddellijk naar huis gesneld. Louise liet zich hangen als een aardappelzak. Ze was in haar bed gekropen, had de lakens over haar hoofd getrokken en wilde niemand spreken. Mij niet, en ook Thomas niet, die het nieuws inmiddels ook had gehoord en haar tevergeefs probeerde te bellen. Louise bleef zielig doen en liep over van zelfmedelijden. En toen, beste lezer, ben ik in een Franse colère geschoten. Ze zeggen dat vrouwen met ros haar vurig zijn. Wel, ik heb het toen ook maar even bewezen. Ik heb Louis zijn vet gegeven (ja sorry, ik zeg nog altijd Louis tegen Louise, het is de macht van de gewoonte), hem uit bed getrokken en hem uitgekafferd voor lamstraal, mietje, zwakkeling en zielige trut. Ik denk dat vooral die laatste krachtterm danig indruk heeft gemaakt. Louis heeft in zijn leven namelijk al veel namen gehad, maar ik denk dat het toch de eerste keer was dat iemand hem een 'zielige trut' noemde. Het was de schoktherapie die hij nodig had. Want wat hij toen heeft gedaan, is iets dat de toekomst van Don helemaal heeft veranderd. Lees maar.

Je toegenegen,

Charlotte

Hoofdstuk 5

'Goddomme, Charlotte, je hebt gelijk! Ik kan dit toch niet zomaar over mijn kant laten gaan! Die gore, ellendige, vuile vetzak van een Bruno. De verrader! De vunzige luis! De basjiboezoek! De vieze...'

'...vuile vetzak, zeker? Ja, ja, dat weet ik nu al wel.' Charlotte stond aan het aanrecht wat sinaasappels uit te persen. Zoals vanouds keek ze er nog altijd als een moederkloek op toe dat Louise genoeg vitamientjes binnenkreeg. Ze priemde het mes vervaarlijk in Louises richting.

'Je zou beter eens proberen te bedenken wat je hieraan gaat doen, in plaats van zo te vloeken.'

Louise ijsbeerde nu op haar typische onelegante wijze door de kamer en trok een gigantische frons in haar voorhoofd.

'Alles is klaar! Het nummer is volledig klaar om te drukken. Het ligt bij wijze van spreken op de drukpers, het enige wat nog moet gebeuren is dat er iemand op de knop...'

Hier sloeg Louise zichzelf voor het hoofd. Dat was het natuurlijk! Ze grijnsde breed, greep het glas dat Charlotte met sinaasappelsap had gevuld, dronk het in één slok leeg en liep luid boerend de deur uit.

''t Is niks! Graag gedaan! Ik hoef geen bedankje, hoor!' riep Charlotte haar nog een beetje cynisch na, maar diep vanbinnen was ze blij dat ze Louise weer uit haar diep dal had kunnen trekken.

Louise schopte in de auto haar pumps uit en reed met blote voeten met hoge snelheid naar de drukkerij. Daar stond Ronny al aan de offsetrotatiemachine klaar om de nieuwe *Don* te drukken. De volledige oplage van tachtigduizend exemplaren zou hier vannacht gedrukt en daarna gelijmd en schoongesneden worden. De pers zou met hoge snelheid de tweehonderdveertig pagina's uitspuwen, ze in de juiste volgorde leggen en vervolgens automatisch op de rug lijmen, waarna de cover – die apart gedrukt werd en een glanzend vernislaagje kreeg – eromheen werd geplooid. Louise vond het een magisch proces waarbij ze altijd een beetje kriebels in de buik kreeg. Vroeger kwam Louis hier 's nachts nadat hij van de kroeg kwam, vaak nog alleen even naar de nieuwe *Don* kijken. Een beetje kletsen en dollen met Ronny en wachten tot hij het eerste gloednieuw ge-drukte nummer in handen kon nemen en eraan kon ruiken. 'Geen enkel parfum, gedragen door eender welke vrouw, kan op tegen de geur van een vers gedrukte *Don*', had Louis meermaals tegen Ronny gezegd. Het was niet zozeer de geur van inkt die 'm dat deed, of het zogenaamde *handgevoel* van het papier. Het was de combinatie van alle factoren: het geluid van de drukpersen, de aangename constante temperatuur van de hal, de omvang van de gigantische machines, de geur van de inkt en het papier en dan: de eerste blik op de reportages die hij had bedacht of soms zelf geschreven, op de foto's, de lay-out, op het hele blad dat – als het goed samengesteld was – niet gewoon een blad was, maar een perfecte symfonie die de lezer meesleurde van de eerste tot de laatste pagina en hem daarna deed hongeren naar meer.

Maar dat was toen. Nu moest Louise snel ingrijpen om haar *Don* uit de klauwen van Bruno te redden.

Ze liep naar Ronny toe en schreeuwde hem al van ver toe: 'Ronny! Stop de persen! Hier is de *Don* die je moet drukken. Ik heb wijzigingen bij me.'

Ronny keek die vreemde vrouw die kwam binnengestormd onderzoekend aan.

'Wie ben jij? Hoe ken jij mijn naam? En met welke autoriteit spreek je? Er wordt hier juist niks gestopt: ik zet de pers nu in gang!'

'Oh, oh, wacht, momentje! Louise begreep dat er meer nodig

was om Ronny te overtuigen dan alleen maar haar vriendelijke lach. 'Ik ben Louise, de nicht van Louis. Ik neem het roer van hem over als hoofdredacteur, want hij zit in Canada. Echt, geloof me nu maar.'

Ronny fronste de wenkbrauwen en keek Louise onderzoekend aan. 'Ik ga Vic even bellen, want ik kan dat niet zomaar beslissen. Dat begrijp je wel?'

'Nee! Ik bedoel, eh, ja!' Louises hersenen draaiden nu overuren. 'Ik bedoel: nee, je kunt Vic niet bellen, want die kan nu niet gestoord worden. Een heel belangrijke vergadering. Bel, eh, bel Thomas! Bel maar naar Thomas en vraag hem wie Louise is. '

Ronny belde naar Thomas, die hij goed kende en met wie hij regelmatig samenwerkte en vaak goedmoedige discussies had over de drukkwaliteit. Thomas bevestigde aan de andere kant van de lijn nietsvermoedend dat Louise inderdaad Louis verving als hoofdredacteur. Dat hij inmiddels had gehoord dat Louise weer was ontslagen, vertelde Thomas er niet bij. Hij hoopte nog altijd dat Vic op zijn beslissing terug zou komen als hij de echte cover had gezien, en als Thomas hem alles had kunnen uitleggen.

'Sorry voor het ongemak.' Ronny lachte een beetje verlegen naar Louise. 'Geef de wijzigingen maar door, ik zal alles meteen in orde brengen. '

'Oh, maar dat is geen probleem', antwoordde Louise vriendelijk. 'Je kunt niet voorzichtig genoeg zijn in de drukkerij. Een foutje is snel gemaakt.'

's Anderendaags lag de nieuwe *Don*, met Louise als heks op de cover, in alle winkels. Eerst was Vic helemaal uit zijn dak gegaan en Bruno was van pure frustratie op en neer gaan springen in zijn bureau. Anouk had hem koelte moeten toewuiven en zijn voorhoofd met een nat washandje moeten deppen. Die crisis was zo mogelijk nog erger geworden toen de eerste telefoons van dagbladhandelaars binnenliepen: of ze de nieuwe *Don* al konden bijbestellen, want hij vloog uit de winkels. Anouk had Bruno twee dubbele whisky's achter elkaar zien binnenkieperen toen het tv journaal belde met de vraag of ze het genie achter de nieuwe *Don* konden interviewen. Louise De Roover werd door Vic terug in het zadel gehesen en zat daar steviger dan ooit te voren. Maar Bruno Sels gaf zich niet zo snel gewonnen.

Hoofdstuk 6

Het moet geleden zijn van toen Louise vijftien jaar was dat zij dit nog had meegemaakt. Enfin, technisch gesproken was zij toen nog een hij en schoor hij zijn benen niet, zoals Louise nu in de douche deed. Maar toch: het moet jaren geleden zijn geweest dat ze dit moment nog eens echt bewust had meegemaakt. Het was namelijk zondagochtend zeven uur en Louise stond fris en monter en geheel katerloos onder de douche. Ik herhaal: zeven uur 's morgens en geheel katerloos. Wat meer was: ze voelde zich op en top fit. En ze was àl wakker, niet *nog* wakker zoals meestal rond dit uur op een zondagochtend. Ze genoot van het warme douchewater dat over haar lijf spoelde en van de heerlijke geur van de douchegel die ze de dag voordien in één grote uitbarsting van shoppaholisme had gekocht.

Eerst had ze zich gisteren nog proberen te verzetten tegen die plots opkomende shopping-impuls. Geen haar op het hoofd van Louise dat eraan dacht om een parfumerie binnen te stappen, maar de aantrekkingskracht van de gratis staaltjes en de proefflesjes had haar moeiteloos over de streep getrokken. Alsof ze was gestoken door een wesp was ze van het ene schap naar het andere gerend en had ze zich in een soort van dronkenmansroes overgegeven aan de heerlijke bedwelming van parfums, eau de toilettes, body scrubs, under eye gels, lotions, badzout en exotisch geurende oliën. Charlotte was verbijsterd achter haar aan geholpen en plaste bijna in haar broek van het lachen toen ze Louise zich als een razende met gratis staaltjes gezichtscrème had zien insmeren. Ze had in één langgerekte geurorgie allerlei witte papieren strookjes met daarop de meest exquise parfums voor haar neus gewapperd, op zoek naar die ene speciale geur die perfect zou matchen met de ph-graad van haar huid. Nadat ze in de winkel meer dan een uur als een gek van links naar rechts was gerend en hoofdpijn had gekregen van de indringende mix van parfums die haar sinussen tilt hadden doen slaan, koos ze uiteindelijk voor een parfum dat haar volgens de verpakking 'de mysteries van de verleiding' zou onthullen. De Louis in haar had eerst nog wat spottend gegromd en tegengesputterd, maar de vrouw in hem had snel weer de overhand gekregen en het flesje eau de parfum resoluut in haar winkelmandje gemikt. Samen met een hele reeks andere producten, gaande van cleansers om de huid te reinigen, moisturizers die volgens de behulpzame verkoopster de 'dorst van haar huid zouden lessen' en last but not least de anti-rimpelreeks, waarvan ze zich het corrigerende serum, de corrigerende crème, de corrigerende ooggel, het corrigerende masker én de magische filler voor diepe fronsrimpels had aangeschaft. De verkoopster – een vrouw van middelbare leeftijd met ravenzwart haar en een decolleté dat Louis waarschijnlijk zou hebben vergeleken met de Gorges du Verdon – 'duizelingwekkend diep en lichtjes gecraqueleerd door de zon' – had bij elk flesje en potje dat Louise in haar mandje gooide vrolijk gekird. Louise vermoedde dat de vrouw op commissie werkte, want bij elk extra product dat Louise in het mandje liet vallen werd ze extatischer. 'Mevrouw, u hebt groot gelijk, laat u inderdaad maar eens helemaal gaan! Niet dat u het echt nodig hebt, natuurlijk! Begrijp me niet verkeerd, nee nee! Hoewel je altijd maar beter kunt voorkomen dan genezen, zo zeg ik altijd. Een vrouw moet zichzelf gewoon af en toe eens flink in de watten leggen. En als je een goeie man aan de haak wil slaan – ja, vergeef me mij vrijpostigheid, maar ik zie dat u geen trouwring draagt – wel ja, zoals ik al zei, om een goeie vent aan de haak te slaan en dus niet zo maar een macho die u na één nacht van loze beloftes en slechte seks dumpt – sorry als ik wat cru klink, maar het is toch zo, nietwaar? – wel, voor zo'n goeie vent, daar doen we het toch allemaal voor, nietwaar? Iemand die ons verwent, die ons opbeurt als het eens wat minder gaat, die ons doet lachen en ons het gevoel geeft dat we speciaal zijn. Die ons groots en meeslepend laat leven als we dat willen en ons in slaap wiegt in zijn sterke armen als we dat nodig hebben. Iemand die ons begrijpt, koestert en liefheeft! Zulke mannen, mevrouw, maken ze die eigenlijk nog wel?'

De Louis in Louise voelde een kleine steek van wroeging én van woede toen hij de verkoopster de beperkte kwaliteiten van de macho hoorde opdreunen, maar voor ze het wist stond Louise driftig mee ja te knikken met het decolleté op pumps.

''t Is toch waar, mevrouw', ging de verkoopster enthousiast op haar élan verder. Zullen we er meteen ook maar wat make-up, lip gloss en nagellak tegenaan gooien?'

Maar dat was voor Louise voorlopig nog een brug te ver. Een crème die je op je gezicht kon smeren, tot daar aan toe, dat zag je niet. En dat deed hij eerlijk gezegd ook al toen hij nog gewoon Louis was, daar had hij nooit moeilijk over gedaan. Een goeie aftershavegel gebruikte hij bijna dagelijks en na een zware nacht durfde hij zelfs wel aambeienzalf onder de ogen smeren. Dat trucje had hij geleerd van Kim, een van de visagisten die regelmatig voor *Don* werkt en met wie hij na een wilde nacht uiteraard ook mee in bed was gesukkeld. Zo'n aambeienzalf trekt namelijk niet alleen onderaan de boel grondig terug bij elkaar, maar overal waar je huid ongewenst begint uit te stulpen. Want je mag van zo'n zalf niet verwachten dat ze ook weet waar ze wel en niet moet werken. Maar dat deed nu allemaal niet ter zake. Lipstick en nagellak, dat wilde Louise nu even niet en dus bedankte ze de wandelende decolleté achter de kassa en rekende af.

'Dat is dan zeshonderd zevenenvijftig euro en een half', wist de blonde zonnebankgebruikster achter de kassa te melden. Zeshonderd zevenenvijftig euro en een half!! Daar heb je een goeie home cinema voor, schoot het meteen door Louises hoofd. Of ettelijke vaten Jupiler. Of dvd-collecties van de volledige *The Godfather*, de *Sopranos*, *Matroesjka's* en *Star Wars*. Een weekend Londen of Parijs, inclusief een chic diner bij een sterrenrestaurant en een passage langs een goeie sigarenbar. Maar terwijl alleen al de gedachte aan een goeie Cubaanse sigaar hem vroeger lyrisch had gemaakt, kon het Louise op dit moment nog weinig schelen. Een goede nachtcrème, dat had ze nodig. Zeker geen sigaar. En veel nachtrust. En straks gezellig met Charlotte op de bank, in een dikke flanellen pyjama, dicht tegen elkaar aan naar een dvd kijken. Een romantische komedie met Hugh Grant, daar had ze wel zin. En misschien een bak ijs erbij. Cookies and cream, yummie!

'Eh, dat is dan zeshonderd zevenenvijftig euro en een half, mevrouw.' De winkeljuffrouw haalde Louise abrupt uit haar overpeinzingen. Die trok met een brede glimlach haar creditcard en knipoogde samenzweerderig naar Charlotte, die de hele tijd met open mond naar het schouwspel had staan kijken. Van macho naar macha in amper enkele weken, dat kon alleen Louis voor elkaar krijgen. Hàar Louis, waar ze vreemd genoeg nog meer van ging houden sinds hij Louise was geworden. En dat was voor Charlotte op zijn zachtst gezegd een bizarre en erg verwarrende gewaarwording. Eerst was Louis voor haar maar liefst tweeëndertig jaar lang een soort van onbereikbaar machozwijn geweest en nu hij eindelijk een zweem van tederheid vertoonde, zou ze godverdomme eerst lesbisch moeten worden om hem te kunnen krijgen! Eh, hàar te kunnen krijgen. Oh ironie.

Toen ze vijf minuten later in de chique brasserie om de hoek boven een glaasje witte Martini zaten bij te komen van de adrenalinerush die het shoppen hen had gegeven, realiseerde Louise zich plots in één klap de consequentie van haar shoppingactie.

'Oh mijn God, Charlotte. Ik weet niet wat me overkomt! Is dit normaal? Al die gezichtscrèmes en die aandacht voor elk mogelijk rimpeltje? Als ik mezelf niet nog een beetje in de hand had gehad, had ik in die winkel ook nog anticellulitiscrème gekocht, ik zweer het je! Ik ben helemaal aan het doordraaien, zeg het me maar eerlijk! Ik ben – boem!– recht naar het witte licht gelopen. *To boldly go where no man has gone before.* Kijk, ik drink verdikkie Martini in plaats van een Jupiler!' Louise keek Charlotte aan met een mengeling van verbazing, verbijstering en berusting, kieperde haar Martini in één teug binnen, zette het glas met een klap terug op tafel en veegde met de rug van haar hand op bijzonder onelegante wijze haar lippen droog. 'Komaan, weg hier. Ik voel een postshopping schuldgevoel opkomen!'

Hoofdstuk 7

En nu liet Louise dus om zeven uur op een zonnige zondagmorgen het ergonomische scheermesje met rubberen beschermlaagje (speciaal voor vrouwen) over haar benen glijden terwijl ze onder de douche stond. En terwijl ze dat deed, verheugde ze zich stiekem al op de body lotion en moisturizer die ze gisteren had gekocht en die ze nu kon uitproberen. Ze was zo vroeg op post omdat ze om acht uur had afgesproken met Thomas, zijn fototeam en vier bekende Vlaamse modelletjes. Ze hadden alle vier iets op tv gedaan, maar wat precies wist eigenlijk niemand meer. Ze waren eigenlijk gewoon bekend omdat *Don* hen op de cover zette. Waardoor ze weer werden opgepikt door de tv, de radio en de *boekskes*. Zo werkte het tegenwoordig in de media, dacht Louise schamper, terwijl ze zich onhandig in de champagnekleurige kanten body probeerde te hijsen, die ze gisteren ook nog snel op weg naar huis had gekocht ('slechts' 352,50 euro!). En het begin van al deze ellende zullen wij nu in gang zetten, door deze vier would be BV's in bikini te laten poseren, ergens op een strand in het zuiden van Thailand. Inderdaad, een badpakkenproductie, want er is niks zo goed voor een snelle boost in de oplagecijfers als een stel bekende borsten in een veel te kleine bikini. Louis had ooit lachend tegen Vic gezegd dat ze met al die uitpuilende borsten op de cover hun blad beter *Dag Allebei* hadden genoemd. Hij had daarna een hele avond aan Vic moeten uitleggen dat hij dat maar als grap had verteld en dat hij het dus niet meende. Want Vic had het wel een goed idee gevonden: *Dag Allebei* in plaats van *Don*. Die Vic zou nog geen goed idee herkennen als het voor hem stond en tegen zijn benen piste, wist Louise. Maar nu had zij een plan bedacht om deze reeks van bikinispecials helemaal memorabel te maken. Als ze kon uitvoeren wat ze wilde, dan zou dit een reeks worden die de oplage met meer dan de helft de hoogte in zou jagen. Maar dat idee hield ze wijselijk zo lang mogelijk voor zichzelf, want ze wist dat elke loslippigheid in deze branche afgestraft werd. En dat was precies waar Bruno op zat te wachten, zoals een gier die op een tak wacht tot de cowboy het loodje legt in een *Lucky-Luke*strip. Voor Louise de deur uitging keek ze even in de slaapkamer naar Charlotte die nog rustig lag te slapen, de armen om haar hoofdkussen geslagen, alsof ze iemand innig omhelsde. De schat.

Het was nog ochtend, maar voor de gelegenheid was de Skybar al geopend, op verzoek van de *Don*-redactie. Ze zouden van hieruit met het fototeam en de modellen naar de luchthaven vertrekken en het decor van de Skybar was wat feestelijker dan de saaie redactiekantoren. De wereld van glamour en glitter moet ook 's ochtends doordraaien, want bij het vertrek werden ook al foto's gemaakt voor de 'making of' later, en kwam de bevriende pers ook nog wat foto's schieten of filmen. Als Louis één ding goed in de vingers had, dan was het wel dat hij van de kleinste mogelijkheid gebruik maakte om een evenementje te creëren: altijd goed voor de zelfpromotie!

Thomas kwam met open armen op Louise af en probeerde haar te zoenen, maar ze dook behendig langs hem heen, gaf hem een vriendschappelijke tik op de schouders en liep naar Claude, de stilist. Die kuste ze wel vrolijk terug, want Claude was zo gay als Boy George en Elton John samen, en op een of andere vreemde manier voelde dat wat – eh – veiliger aan dan Thomas. De vier modellen waren ook al aangekomen en zaten elk met een kopje kruidenthee (venkelthee was tegenwoordig helemaal in, wist Louise van Kim, de visagiste, want venkel werkt vochtafdrijvend) voor zich aan tafel met elkaar te kletsen. Alsof ze elkaars beste vriendinnen waren. Als er een schaal van schijnheiligheid bestond, zou deze situatie toch een fikse acht op tien scoren, want in werkelijkheid konden deze meisjes elkaars bloed wel drinken. Maar nu dus even niet, want er filmde een ploeg van het dagelijkse celebrity tv-programma 'Achter de schermen' voor een kort item over de bikinispecial, en de regisseur had aan de vier meisjes gevraagd om te doen alsof ze een beetje gezellig – meiden onder elkaar – zaten te keuvelen. Ze speelden hun rol alle vier voortreffelijk en gooiden af en toe hun hoofd achteruit waarbij hun weelderige haardos golvend in hun nek viel. Ze lieten een klaterende lach horen, alsof ze elkaars grapjes bijzonder geestig vonden. In werkelijk kon Elsie – een ex-presentatrice die tegenwoordig een beautysalon runde – Aphrodite (ja, ze heette echt zo) niet uitstaan. Aphrodite – een model op haar retour – had, toen Elsie een miskraam had gehad en in het ziekenhuis lag bij te komen, een kortstondige maar bijzonder heftige relatie gehad met haar man Joël, een rijke eigenaar van een reclamebureau dat voornamelijk leefde van overheidsopdrachten. Joël had al een paar keer wat nachtjes in de cel moeten doorbrengen omdat hij slag om slinger sjoemelde met de aanbestedingen van overheidsopdrachten, maar dat stoorde hem hoegenaamd niet. Volgens hem hoorde dat nu eenmaal bij de risico's van het vak. En dat slippertje met Aphrodite hoorde bij de risico's van het leven, had Joël Louis ooit breed grijnzend toevertrouwd tijdens een party in de Skybar. Louis had hem toen een bewonderende klap op de schouder gegeven. Nu hij er als Louise aan terugdacht, leek dat vriendschappelijke, goedkeurende gebaar van toen heel vreemd, ja bijna amoreel. Gek toch, wat hormonen met je doen. Naast Aphrodite en Elsie ging deze keer ook Viviane mee, van wie niemand nog wist waardoor ze nu precies bekend was geworden, en Beatrice, die het programma 'Ik ben te stijl' presenteerde, waarin ze lelijke eendjes omtoverde tot zogenaamde stijliconen. De afgunst onderling was erg groot, want de een had altijd wel iets wat de ander wilde: geld, een vent, vrijheid, een kind, een grote hond, een kleine hond, een loft, een boerderij, een sportwagen of het belangrijkste van allemaal: aandacht. *You name it.* Er was wel iets waarvan ze vonden dat een ander het onrechtmatig in haar bezit had. Louise was al lang blij dat ze deze bikinishoot aan zich voorbij kon laten gaan. De vorige jaren was ze een paar keer mee geweest en ze herinnerde zich nu met enige schaamte dat ze als Louis met alle vier de modellen al een keertje de nacht had doorgebracht. *Fringe benefits* had hij het toen met een Engelse term genoemd: extralegale voordelen die bij het vak horen, zoals maaltijdcheques of een tankkaart. Maar deze keer stuurde hij Thomas alleen op pad, samen met de fotograaf en zijn assistent, een visagiste en een stilist. Na een vrolijk afscheid van de achterblijvende redactieleden stonden ze klaar om de deur uit te gaan. En toen stapte Theo de Skybar binnen. Enfin, stappen. Hij stormde door de openstaande glazen deuren en snelde zigzaggend richting bar, waarbij hij zijn vingers als een vliegeniersbrilletje ondersteboven voor zijn ogen hield en luidkeels 'Broeeembroeeemmmm!' riep. Vlak voor de bar kwam hij tot stilstand en wachtte vol verwachting op een reactie van de stomverbaasde aanwezigen. Die bleef uit: iedereen stond hem met open mond aan te staren.

Louise brak de stilte: 'Ah, Theo. Leuk dat je als nieuwe investeerder ons team ook komt uitzwaaien! Tof dat je zo betrokken bent.'

'Nou, noem het maar 'verstandig vaderschap'. Het is dan ook een flinke investering, zo'n fotoshoot. Veel materiaal en mankracht zit daar in, zeg. Prijzig, hoor.'

'Maar het is wel onze verkoopsklapper van het jaar, Theo. Daar mag in geïnvesteerd worden.'

'Klopt, helemaal gelijk. Maar omdat ik zeker wil zijn dat deze investering rendeert, heb ik samen met Vic besloten dat ik meega naar Thailand. Het is belangrijk dat ik een duidelijke kijk heb op de – eh – werking van – eh – deze productie, zeg maar.'

Inkijk in de bikini's van die meiden, zeker, dacht Louise, maar ze had geen zin om daarover met Theo te discussiëren. Hij had met zijn investering de toekomst van *Don* verzekerd en dus kon ze er weinig van zeggen.

'Wat een goed idee, Theo! Je als het ware inwerken in de materie!

En Thailand lijkt me daarvoor een geschikte locatie. Hé, Thomas, kom eens hier! Theo hier zal je op reis vergezellen. Dan kan hij meteen wat praktische beslommeringen uit je handen nemen.'

Thomas zakte zowat ter plaatse door de grond en probeerde voorzichtig tegen te sputteren, maar zag aan de blinkende en breed glimlachende kop van Theo dat de deal al beklonken was.

'Oh, ja, waauw... wat een goed idee', wist hij een beetje mat uit te brengen, terwijl Theo hem vriendschappelijk en glimmend een arm om de schouders sloeg.

'Gezellig toch, kerel! Samen naar Thailand! Zon, zee, strand en lekkere wijven, zeg maar!'

Toen het gezelschap in twee taxibusjes wegreed naar de luchthaven, werden ze uitgezwaaid door iedereen van de redactie. Louise stond vooraan enthousiast mee te zwaaien (de camera's van 'Achter de schermen' draaiden nog altijd) en zag vanuit haar ooghoeken dat Thomas haar vanuit de vertrekkende auto met een droeve blik aankeek. Een beetje overdreven, vond ze, want zo erg was het nu ook weer niet dat die Theo meeging.

In de taxi besefte Thomas dat hij eigenlijk niet graag naar Thailand vertrok. En dat was gek, want de vorige keren waren de bikiniproducties altijd het hoogtepunt van het jaar geweest. Maar nu knaagde er iets, een onbestemd gevoel dat op zijn borst drukte en hem een beetje triest maakte. Die idioot van een Theo, dat deerde hem niet. Thomas was wel wat pottenkijkers gewend, zeker toen Louis de vorige jaren was meegegaan om van zijn zogenaamde extralegale voordelen te profiteren. Nee, er was iets anders. Een gemis. En dat gevoel had als een gloeiende priem door zijn hart gestoken toen hij bij het wegrijden in Louises ogen had gekeken. Hij begroef zijn hoofd in zijn handen en kreunde zachtjes: dit kon hij eigenlijk missen als kiespijn. Naast hem op de zetel zat Theo nog altijd te glimmen als een vuurtoren, met zijn strooien hoed op zijn kale knikker. Hij had zijn leren jas uitgetrokken en daaronder bleek die gast zowaar een

Hawaiaans alohashirt te hebben verstopt.

'Hallo, ik ben Theo. Ik ben de hoofdaandeelhouder van *Don*', stelde hij zichzelf voor aan Viviane.

Die kirde zachtjes en schoof wat dichter tegen Theo aan. Een hoofdaandeelhouder! Met veel geld! En waarschijnlijk een grote auto! Dat waren volgens haar de enige mannen bij wie kaalheid en het dragen van gekke hoedjes getolereerd kon worden! Op de bank achter Theo en Viviane scherpten de drie andere dames hun klauwen.

Hoofdstuk 8

Burkina Faso is een van de armste landen ter wereld. Het gemiddelde daginkomen komt er ongeveer overeen met één dollar. Het is dan ook geen land om zo maar met je rijkdom uit te pakken. Een veiligheidsagent stond met een automatisch geweer naast de bankautomaat ongegeneerd toe te kijken hoe Patrick zijn code intoetste. Geen van de twee zei iets tijdens de bijna twee volle minuten die de vooroorlogse cashmachine nodig had om briefjes uit te spugen met een totaalwaarde van bijna driehonderdvijftigduizend francs. Een bedrag dat overeenkwam met vijfhonderd euro, meer dan een Burkinees jaarloon, bedacht Patrick. Hiermee kon je met gemak een maand lang leven als God in Ouagadougou. Maar dat was niet de enige reden waarom hij zichzelf een *lucky bastard* vond. Als redacteur sport (nu ja, voetbal eigenlijk) was hij toch maar naar zuidelijk Afrika gereisd. Niet slecht, als je het hem vroeg. Een weekje in een vijfsterrenhotel in Ouagadougou, *all inclusive*, betaald door de zaak, om de Ronde van Burkina Faso te verslaan. Dat van die wielerronde was eigenlijk een idee geweest van Thomas, die in zijn vrije tijd nog wel eens een paar honderd kilometer op een racefiets door het Vlaamse platteland toerde. De sukkel. Sport was volgens Patrick iets wat je bij voorkeur vanuit je luie zetel, met een zak chips binnen handbereik beoefende. Je ogen de kost geven, dat was al inspannend genoeg. Een krat pils erbij en het feest kon beginnen. 'De Ronde Van Afrika, mmm, zit wat in. Twintig lekkere kerels, met zo'n schoon chocoladebruin vel, ingevet met palmolie, glanzend onder de tropische zon! *Yes*, doen we!' had Louise geroepen. Wow, die was in korte tijd ook veranderd, vond Patrick. Van een mooie, maar een beetje domme vrouw met mannelijke trekken naar een stijlvolle vamp met de mooiste benen die Patrick ooit had gezien. Hoewel, er was nog altijd iets vreemds, iets klopte niet helemaal aan Louise. Waren het haar kleedjes, die niet helemaal leken te passen bij de rest van haar uiterlijk? Of was het de manier waarop ze mannen soms verdedigde, in het bijzonder haar eigen neef Louis? In ieder geval, het was Louise geweest die uiteindelijk hem, Patrick Maes, had gevraagd om naar Burkina Faso te gaan en verslag uit te brengen over dat stelletje kuitenbijters dat de Afrikaanse bergen en moordende hitte zou trotseren. Op fietsen die eruitzagen alsof ze rijp waren voor de schroothoop. Waarschijnlijk hadden ze nog houten wielen ook!

'Burkina Faso? Waar ligt dat eigenlijk?' Patrick stond bij het koffiezetapparaat, terwijl Jana, pontificaal op een van de kantinetafels gezeten, haar vingernagels bijwerkte met een vijl. 'Goeie vraag!' antwoordde Patrick. 'Ergens in Afrika dus, maar waar precies?

'Burkina Faso betekent 'Land van de eerlijke mensen', Patje.'' Bruno leunde tegen de deuropening. Hij trok een pokerface die perfect paste bij zijn maatpak van Scabal. Dat had hij meegesleept uit een ruildeal die Anouk met het modemerk had gemaakt, wist Patrick. 'Aha Bruno, er bestaat dus wel degelijk een land waar jij niet binnen mag!' Jana kwam om de hoek gezeild met een kan zelfgemaakte koffie. Het koffiezetapparaat in de gang was weer eens stuk en Vic stond droog. Nog voor Bruno kon antwoorden was ze alweer verdwenen, naar het kantoor van Vic. Patrick stond versteld van haar scherp opmerkingsvermogen. Er zat veel meer in dat kind dan een receptioniste/koffiemadam. Het was een publiek geheim dat Bruno zijn vrouw bedroog. Met Anouk nog wel, de sexy boekhoudster van Hercules, hoe cliché! En als het om *freeloaden* ging, dan stond Bruno ook zijn mannetje. Maar het antracietgrijze kostuum met Italiaanse snit stond hem wel fan-tas-tisch goed moest hij toegeven. 'Wow, Bruno, schud je dat hier zomaar even uit je mouw?' Anouk keek vol beate bewondering naar Bruno. 'Ach, heeft-ie net opgezocht op Wikipedia', snoof Kaat, die erbij was komen staan en een plastic bekertje cappuccino met extra suiker van Patrick overnam. Ze ging naast Anouk zitten, waardoor de tafel kraakte onder het extra gewicht. Ze haalde een donut uit een bruin zakje van de bakker om de hoek. Bruno deed of hij niets had gehoord en vervolgde: 'En het land ligt in West-Afrika, in de Sahel. De ene helft van het jaar regent het er oude wijven en de andere helft is het er zo droog als een kurk. Veel eten is er dus niet. Dit is je kans, Patje, om eens wat aan die *love handles* te doen, want als je zo doorgaat, word je zélf nog eens een boule de Berlin!' Bruno keek hem spottend van de andere kant van de tafel aan. Kaat begon te grinniken. Voor hij het wist sneerde Patrick haar toe: 'Als ik jou was, Kaat Coucke, zou ik maar niet zo dom zitten te lachen, Miss Piggy, en die donut kun jij beter meteen op je billen plakken!' Oké, dat was niet netjes, en Kaat was met tranen in haar ogen van nijd afgetaaid, maar hij was al zo dikwijls het mikpunt van spot geweest op de redactie, het moest maar eens afgelopen zijn. Goed, hij had dan wel geen *sixpack*, zoals Thomas, en in tegenstelling tot Bruno moest hij zijn kleren zélf kopen bij goedkope ketens. Bovendien begonnen zowel zijn leven als *couch potato* als zijn dieet van pinten en junkfood hun fysieke sporen achter te laten. Maar hij was proper op zichzelf, poetste twee keer per dag zijn tanden en hij wisselde elke ochtend van sokken. Dat was meer dan je van de meeste van zijn mannelijke collega's kon zeggen. Bovendien behandelde hij vrouwen met respect. Nu ja, behalve deze ene keer dan, en dit was echt een uitzondering. Hij was tenslotte een vent en hij liet niet zomaar alles over zijn kant gaan. Niettemin was hij snel achter Kaat aan gelopen, die zich in de wc had verschanst, om zich bij haar te verontschuldigen en om haar te troosten. Kaat was misschien te mollig om aan het schoonheids-ideaal te voldoen dat elke maand opnieuw zo expliciet door *Don* werd gepropageerd, maar ze mocht er volgens Patrick best zijn. Wat hij bij zichzelf verachtte, die vetrolletjes, dat kon hij bij een vrouw juist waarderen. Iets om vast te pakken. Een paar botten in een zak zoals die Anouk, dat was niet aan hem besteed.

Ha, nog een reden om uit te kijken naar zijn Afrikatrip. Daar was een maatje meer geen schande, maar een schoonheidsideaal. Afgezien van die belachelijke Tour d' Afrique zag Patrick zijn trip naar het zuiden helemaal zitten: eindelijk nog eens een weekje in de zon. Met alle toestanden bij *Don* was vakantie er het afgelopen jaar helemaal bij ingeschoten. Voor alle vaste redactieleden trouwens. De enige die het had aangedurfd om 'er eens tussenuit' te knijpen, was Bruno, die het er meteen van had genomen in Dubai. Hij had zichzelf laten uitnodigen door het decadent luxueuze, zeven sterren tellende Burj Al Arab hotel, onder het mom van een 'toeristische reportage', die een half jaar na dato nog altijd niet was geschreven. 'Natuurlijk niet', dacht Patrick er smalend achteraan, want Bruno, dat wist de hele redactie, kon niet schrijven. Nu ja, het voorwoord van Louis, daar was hij nog net goed genoeg voor. Stukjes van tien regels met om de vijf woorden een toespeling op seks, overspel en/ of porno. Trouwens, sinds zijn niet Louise het roer had overgenomen was ook dat niet meer nodig, want Louise had tenminste genoeg ballen aan haar lijf om haar eigen voorwoord te schrijven. Patricks eigen positie was er met de komst van Louise alleszins op verbeterd. Nu was er tenminste één persoon op de redactie die zijn talenten naar waarde wist te schatten. De mannen – Bruno voorop – deden niets om te verhullen dat ze hem een onnozelaar vonden. En de vrouwen deden alsof hij een homo was. Ze vertelden hem al hun geheimen, hun *one night stands* en hun ruzies met de grootste macho-eikels. Maar als puntje bij paaltje kwam werd hij altijd weer met een kluitje in het riet gestuurd. En als het op een troostende knuffel aankwam, dan gingen ze liever naar de echte homo van de redactie, Claude, die – o ironie – van alle gasten op de redactie nog de meeste aandacht kreeg van de vrouwelijke collega's. Maar Claude, dat was veilig terrein. Claude was een man met wie ze wegliepen, Patrick was een man voor wie ze wegliepen. Op een of andere manier zagen Kaat en Nathalie hem als a-seksueel. Een broer, of liever, het kleine broertje dat ze gebruikten als onzichtbaar manusje-van-alles. Als loopjongen. Wel, deze keer was de loopjongen gaan lopen. En hij zou ervan profiteren. En hij zou terugkomen met het bewijs dat hij een goeie journalist was, een reporter pur sang. Met een stuk dat de cover zou halen. In het diepst van zijn gedachten was Patrick een sterverslaggever die alleen nog een onderwerp nodig had waarmee hij kon scoren. Een thema dat heel het Vlaamse medialandschap in beroering zou brengen. Een staaltje onderzoeksjournalistiek waarbij de reportages van Frank Van Uytsel, zijn aartsrivaal die voor *Bloke*, het magazine van de concurrent werkte, zouden verbleken. Patrick vond van zichzelf, nee, wist van zichzelf dat hij minstens een even goede pen had, maar uit betrouwbare bronnen had hij vernomen dat die Van Uytsel aan alle kanten gesponsord werd. Met andere woorden: voor elke aflevering in zijn reeks 'Frank duikt onder' kreeg de man een ongelimiteerd budget tot zijn beschikking. Bovendien drukte *Bloke* logo's van vliegtuigmaatschappijen af – iets wat *Don* altijd halsstarrig had geweigerd – waardoor Van Uytsel niet beperkt was door zoiets banaals als de kosten van vliegtuigtickets. Het zou Patrick niet verbazen als die kerel business vloog!

Wat Patrick nodig had was een kans om zich te bewijzen. En een topic waar hij zijn journalistieke tanden in kon zetten. En Louise had hem nu beide gegeven. Hij zou zijn opdracht om de Ronde van Burkina Faso te verslaan aangrijpen om nog een extra reportage te maken. Waarover precies, dat wist hij nog niet. Maar iets zou zich ter plekke wel aandienen. Misschien achter een politiek schandaal aangaan. Te veel research... Of corruptie bij ontwikkelingsorganisaties? Nu ja, dat was in Afrikaanse landen schering en inslag, daar haalde je het nieuws niet mee. Doping in het peloton van de Ronde van Burkina Faso misschien? Of nee, had hij niet ooit gelezen dat er in die landen mensenhandelaars op straat jongetjes ronselden en hun wijsmaakten dat ze naar speciale voetbalacademies gestuurd zouden worden, om klaargestoomd te worden als stervoetballer, waarna ze bergen geld zouden verdienen zodat hun ouders konden verhuizen van een stinkende bidonville naar een de blinkende villa in een of andere *gated community*? Daar zat wellicht een sociaal bewogen reportage in. Bovendien lag het onderwerp in het verlengde van zijn werkterrein. Of toch maar gewoon iets met vrouwen en seks. Mmm, instinctief ging Patricks voorkeur uit naar dat laatste. Wie weet was er in Ouagadougou wel een bende die zich bezig hield met vrouwenhandel, misschien zelfs met een hotlijn naar België, waar hij bij wijze van onderzoek zijn neus in kon steken. 'Burkina Babes op Bestelling naar België'. Hij zag de kop al voor zich, in vetzwarte letters, over het roodwitte logo van *Don* heen gedrukt. Eens kijken wie er dan nog met hem zou lachen, met Patrick Maes, dé journalist van het jaar, de reddende engel van het journaille, de *godfather* van het betere reportagewerk!

'Hier is een creditcard, van Hercules', onderbrak Anouk zijn ge-mijmer. 'Onkosten mag je declareren, maar ik heb liever dat je zoveel mogelijk direct met de kaart betaalt zodat ik kan zien waar je het aan hebt uitgegeven.' Anouk hield het blinkende stukje plastic voor zijn neus en trok de kaart vlak voor ze hem aan Patrick overhandigde heel even pesterig terug. 'Waak erover als een zorgzame huisvader, Patrick, en zorg dat je de pincode uit je hoofd leert.'

'Ja, Patje, knoop dat even goed in die flaporen van je'. Bruno klopte hem zo hard op de rug dat hij even geen adem kreeg. ' *It's a whole different ballgame out there*, jongen, naar het schijnt loopt Ouagadougou vol met gangsters die het op blanke journalisten met dikgevulde portefeuilles hebben gemunt.'

Ouagadougou, halftwee 's middags, veertig graden in de schaduw. Patrick Maes was nu welgeteld zes uur in Burkina Faso, waarvan hij er vier in zijn donsbed in het hotel had doorgebracht. De vlucht had normaal slechts zes uur moeten duren, maar hij had er in totaal der-tien uur over gedaan, door de tussenlanding in Casablanca, waar ze om onduidelijke redenen een paar uur vertraging hadden opgelopen. Patrick was kapot toen hij 's ochtends vroeg, zo tegen zonsopgang, op de luchthaven van Ouagadougou was geland. Daar was hij gewoon van een gammel trapje gestapt, tot op het tarmac. De kleffe tropische hitte had hem als een warme, natte dweil in het gezicht geslagen. Met een taxi had hij zich naar het hotel laten vervoeren, waar hij in zijn bad in slaap was gevallen.

Nadat hij wakker was geworden, verkleumd van de kou omdat hij de airco op maximum had gezet, had hij zijn linnen zomertenue aangetrokken en was de straat voor zijn hotel gaan verkennen, op zoek naar een bancontact. En daar stond hij nu.

'*You want to see beautiful ladies, mister*'? Met een schok draaide Patrick zich om. Hij had de stapel bankbiljetten niet in zijn portefeuille gekregen en het hele stapeltje in de binnenzak van zijn linnen jasje gepropt, waardoor het leek of hij aan één kant een borst had ontwikkeld.

Voor hem stond een klein jongetje, dat nauwelijks ouder leek dan twaalf jaar. Hij lachte naar hem, een beetje scheef en brutaal, met guitige, heldere ogen. Het jongetje droeg een jeans en een singlet en liep op gloednieuwe gympen. Iets te weldoorvoed voor een weeskind of een straatschoffie. '*Sir, my name is Shawn. Trust me, really. I can take you to see the most sexy ladies of Burkina Faso, just follow me!*' Een vertederend witte glimlach haalde Patrick over de streep. Ach wat, voor die ene keer dat hij eens op reis was. Het avontuur lonkte, en hij, Patrick, was een avonturier in het diepst van zijn gedachten. Bovendien zou Le Tour Faso pas de volgende dag starten, ergens in een gat dat Kokologo heette. Tot die tijd had hij om zich te vermaken in de hoofdstad. Even bedacht hij dat hij de resterende tijd zou kunnen gebruiken om in het business center van zijn hotel wat research te doen. Maar toen het jongetje zijn hand pakte en hem mee in het straatgewoel trok, bedacht hij dat veldwerk ook research was. Als hij met een reportage thuis wilde komen, dan moest hij uit zijn kot komen, zich laten meevoeren naar de onderbuik van deze stad. Twintig meter verderop stond een man van een jaar of veertig in een krijtstreeppak en een borsalino-hoed hem op te wachten op een knalrode motorfiets. *'My uncle'*, legde het jongetje uit. *'He will bring you, no problem!'* Zonder verder na te denken trok Patrick de pijpen van zijn witte linnen broek op en stapte bij de man achter op de motor. Een seconde later scheurden ze weg, Het jongetje dat Shawn heette keek hen lachend na. In de straat hing een wolk donkerblauwe, stinkende rook.

Hoofdstuk 9

'Allez, steek daar eens wat kipfilets onder, Claude!! Zo lijkt ze wel op twee erwtjes op een plank! Justine Henin heeft volgens mij nog een grotere bos hout voor de deur dan die Elsie, verdorie! Zo kun je toch niet werken voor een bikinishoot, allez! Die bikini's moeten wel gevuld zijn, hé maat.'

Aan het woord was Dave Daniëls, de vaste bikinispecial-fotograaf van *Don*. De kipfilets die Claude te voorschijn moest toveren om de borsten van Elsie wat meer volume te geven, zijn natuurlijk niet van de eetbare variant. Het zijn maanvormige steunkussentjes, gemaakt van siliconen en bedoeld om de borsten wat 'push' te geven in een bikini of een bh. Ze behoren tot de basisattributen van elke stylist. Elsie liet Claude gewillig de kipfilets onder haar borsten steken. Het hoorde allemaal bij het werk, en dat Claude aan haar borsten zat te frunniken, en niet bijvoorbeeld Dave zelf, maakte psychologisch toch een verschil.

Fotograaf Dave Daniëls zat intussen zijn nood te klagen bij Thomas.

'Thomas, maat. Je moet mij in 't vervolg echt mee laten beslissen welke modellen je voor een bikinishoot kiest. We verliezen op deze manier veel te veel tijd. Het is gewoon noodzakelijk dat ze een boobjob laten doen, anders lijkt het nergens op, dat zie je toch.'

Thomas kon zijn oren niet geloven en diende Dave van antwoord.

'Ik vind natuurlijke vrouwen net het leukste, Dave. Ik heb echt een godsgloeiende hekel aan kunstmatig vergrote borsten. Die staan altijd veel te hard gespannen en ze zien eruit alsof ze elk moment met een luide knal kunnen exploderen. Zelfs als ze een handstand doen, steken ze nog de lucht in. Ik vind trouwens niet dat we meisjes en vrouwen nog meer complexen moeten aanpraten met foto's die toch de realiteit niet weergeven: die modellen zijn achtereenvolgens geopereerd door een plastisch chirurg, getraind door een personal fitnesstrainer, gestyled door een professionele stylist, geschminkt door een andere professional, gefotografeerd door een topfotograaf en daarna nog eens digitaal bewerkt door een tovenaar met Photoshop. En zo'n Vlaams meiske uit Zoerle-Parwijs ziet die foto dan 's ochtends terwijl ze haar kruidenthee en haar light ontbijtgranen met magere melk naar binnen werkt en ze denkt dat ze abnormaal is omdat ze er maar niet in slaagt om er ook zo uit te zien. Wij zijn bedriegers, Dave. Wij verkopen bullshit en zeggen dat het echt is.'

Dave kende de argumenten van Thomas maar al te goed en zuchtte bij zoveel naïviteit. 'Misschien moet jij maar eens een andere job zoeken, Thomas. We verkopen geen bullshit, wij verkopen schoonheid, een ideaalbeeld om naar op te kijken. Daar is toch niks mis mee? Wat denk je dat Michelangelo dacht toen hij het goddelijke lichaam van zijn David uit één brok marmer beeldhouwde: 'Mmm, die David ziet er veel te goed uit. Hij lijkt helemaal niet op die gebochelde Romeinen die ik elke dag op straat zie. Zal ik hem ook maar een bult, een scheve neus en bloemkooloren geven?' Of Botticelli toen hij zijn Venus schilderde? Ik prijs mij en de hele wereld gelukkig dat die niet dacht: 'Zal ik vandaag eens een lelijk wijf schilderen?' Wij zijn kunstenaars, Thomas. Wij moeten de wereld mooier maken! En onszelf rijker', voegde hij er lachend en met een vette knipoog aan toe.

'Ach, misschien heeft hij ook wel gelijk', dacht Thomas, terwijl Dave wild gesticulerend naar Claude en Elsie liep, want die waren nog altijd met de kipfilets in de weer. 'We maken de wereld vandaag weer een beetje mooier.' Zijn woorden waren nog niet koud, of daar kwam Theo het strand op gebanjerd. Hij zag eruit als een soort lichtgevende witte potvis, want zijn huid had in geen jaren zon gezien. Om zijn kale hoofd te beschermen droeg hij een oranje petje van een Nederlands biermerk. Tot afgrijzen van Thomas droeg hij niks meer dan een dunne zwarte string, waar zijn buik puilend overheen hing.

'Hey Thomas, kerel! Hoe gaat het hier? Loopt het lekker? Nou, ik heb al effe wat baantjes getrokken in het zwembad en nou vroeg ik me af of jij mijn rug effe wil insmeren met zonnebrandcrème. Ik heb het aan dat Thaise meisje aan het zwembad gevraagd, maar die zei dat ze van haar geloof niet in aanraking mag komen met zonnebrandcrème, gek hé?'

'Euh sorry, dat gaat jammer genoeg niet, Theo, ik mag geen vette handen hebben, dat is slecht voor de foto-apparatuur.'

Thomas had het nu wel gehad met die hele Theo en eerlijk gezegd ook een beetje met heel deze shoot. Hij had – voor het eerst in zijn carrière – heimwee. Van Femke wist hij dat ze veilig en wel bij Iris, haar vaste oppas, was. Maar toch wilde hij haar nu het liefste bij zich hebben. En er was nog iets; de laatste dagen op de redactie hadden hem dichter bij Louise gebracht en hij realiseerde zich plotsklaps dat hij het geen prettig idee vond dat er nu duizenden kilometers tussen hen in lagen. Nog een paar dagen werk en dan kon hij terug naar België en weg van die idioot van een Theo.

Thomas vluchtte snel Dave achterna en deed alsof hij druk de kipfiletproblematiek bestudeerde. Theo bleef een beetje bedremmeld staan en stoof dan maar meteen op Viviane af, een van de modellen die zat te pruilen onder een grote boom aan de rand van het strand.

'Hey, meissie! Gaat-ie? Je kijkt zo sip?'

Viviane fleurde meteen wat op toen ze Theo zag. Hij mocht er dan wel niet echt appetijtelijk uitzien met zo'n touwtje door zijn billen, hij had wel de touwtjes in handen.

'Ja, ik mag niet in de zon van Dave en Thomas! Kun je je dat voorstellen? Zitten we hier in Thailand op dit prachtige witte strand en dan mag ik niet in zon, omdat je anders witte streepjes ziet van mijn bikini en dat zou je kunnen zien op de foto's. En ik heb vandaag helemaal niks te doen, want ze werken de hele dag met Elsie. Wat een gedoe zeg! Alsof ze die witte bikinilijntjes later niet even kunnen photoshoppen! Vorig jaar was de kerel die de photoshop deed zo ijverig geweest dat hij per ongeluk ook mijn navel had weggehaald! Kun je dat geloven? Ik leek wel een buitenaards wezen. Die foto werd nog eens groot in de krant afgedrukt ook, met als kop: 'Viviane: een onaardse schoonheid!'"

Het geklaag van Viviane kon Theo maar matig boeien. De zon brandde, hij zweette als een os en het zand onder zijn voeten begon gloeiend heet te worden.

'Ach meid, doe me een lol. Wil jij effe dit spul op mijn rug smeren? Dan ga ik daarna sito presto aan het zwembad een pilsie drinken, want ik sterf hier van de hitte.'

Viviane begon lichtjes tegen haar zin aan de opdracht. Ze vond al die haren op zijn rug geweldig 'yukkie' en raakte hem nauwelijks aan, zoals een katje dat haar pootje in een plasje water doopt en snel weer terugtrekt. Dat van die rijke mensen en touwtjes en zo was wel interessant, vond ze, maar er waren grenzen. Wat kostte een tube ontharingscrème nu? Of een laserbehandeling? Misschien moest ze Theo toch wat meer de manieren, de smaak en de verfijning bijbrengen die nu eenmaal hoorde bij een man van zijn rang en stand. En geld. En ze wist precies hoe.

'Zeg Theo! Heb je al gezien dat ze in dit hotel een hele spa- en wellnessafdeling hebben? Met een medische check-up en allerlei leuke behandelingen door Thaise masseuses. Thomas vertelde me vanmorgen dat het jammer genoeg niet in de prijs is inbegrepen en dat we het zelf moeten betalen. Voor mij is het veel te duur, maar misschien kun jij wel een goed woordje doen? Lijkt me gezellig, wij tweetjes samen in de spa en zo? Of misschien vind je het te duur?' Dat laatste zinnetje voegde Viviane er met een pruilmondje en knipperende wimpers aan toe. Het was een zinnetje dat zijn effect nooit miste, dat wist ze uit ervaring. Ze wilde nu wel even een dagje genieten van een spa-behandeling en tegelijk kon ze Theo dan even laten ontharen, dat was wel zo prettig. Theo beet onmiddellijk in het uitgeworpen visje.

'Ach meid, dat regel ik toch effe. Koud kunstje voor mij, hoor. Maar eh, het blijft wel ons geheimpje, ja? Niet tegen die andere drie meiden zeggen, anders moet ik het voor hen ook regelen en dan is het hek helemaal van de dam. Ga jij nou al maar lekker voor ons een spa-behandeling uitkiezen, dan zeg ik even tegen Thomas dat hij ons vandaag niet moet lopen zoeken.'

Viviane haastte zich naar de balie van het wellnesscentrum, waar ze meteen in de watten gelegd werd door een Thais meisje dat kwam aangetrippeld met een fris drankje van limoengras en een uitgebreide lijst van mogelijke behandelingen en therapieën. Viviane stelde voor haar en Theo een reeks van à la carte behandelingen voor, gaande van een traditionele Thaise massage en een shiatsu-gezichtsmassage tot een full body scrub met algen uit de Golf van Thailand. Voor Theo koos ze de ontharing op traditionele Thaise wijze, een Thaise massage en een facial met groene klei. Wat Viviane echter niet doorhad, was dat Beatrice achter de dunne papieren wand van de receptie zat te luistervinken. En Beatrice was helemaal niet opgezet met de stiekeme wellnesskuur die Theo cadeau deed aan Viviane. Iedereen gelijk voor de wet, dat was haar devies, en dat gekonkelfoes van die Hollandse flapdrol en dellerige Viviane was allesbehalve collegiaal. Op dat moment rijpte een plannetje bij Beatrice. Dit heimelijke gedoe zou de drol en de del nog zuur opbreken, zeker weten. Beatrice wachtte tot Viviane een tijdje het wellnesscentrum had verlaten. Die ging zeker Theo ophalen. Toen stapte ze glimlachend naar de receptioniste.

'Mijn vriendin Viviane was hier net om enkele behandelingen te reserveren voor haar en mister Theo. Ik kwam haar tegen en ze vroeg me of ik een paar wijzigingen aan u wilde doorgeven, want ze heeft zich toch bedacht. Dat kan? Oh prachtig.'

Nadat ze de wijzigingen had doorgegeven, liep Beatrice welgemutst het wellnesscentrum uit. Dit verwendagje zouden Viviane en Theo nooit meer vergeten, daar was ze van overtuigd.

'Please sir, you take shower first and then you come here for Thai hair treatment, yes?'

Het vriendelijke Thaise meisje boog diep voor Theo, op de traditionele Thaise manier, met haar twee handen voor haar hoofd. Theo was gehuld in een badjas van het wellnesscentrum, en hij leek op een Turkse pasja. Hij vond het allemaal prima. Hij had die Viviane helemaal in zijn zak, wist hij, maar voor hij vanavond wat romantische avances ging maken, zou hij zich hier eerst helemaal in de watten laten leggen.

Na een verkwikkende buitendouche in een soort privétuintje van de behandelkamer moest hij op een grote massagetafel liggen. 'First hair treatment', zei het Thaise meisje. Theo moest plat op de buik gaan liggen en de Thaise nam een soort flosdraad. 'Gek, wat gaat ze daar nou mee d...' Verder dan die gedachte kwam Theo niet. De Thaise had de twee draden tussen haar handen genomen en wreef ermee over Theo's rug. Zijn rughaar raakte tussen de draden verstrengeld en met een korte maar venijnige snok rukte de Thaise de haren van zijn rug. Theo gilde het uit van de pijn, maar de Thaise was helemaal niet onder de indruk. 'You stay still, no shouting! Is old Thai traditional way. Thai men no cry!' Met tranen in de ogen onderging hij een half-uur lang de marteling. Tot zijn afgrijzen had het mens zijn hele rug en schouders afgewerkt. Ze vroeg of ze ook de benen nog moest aanpakken, maar daar trok hij de grens.

'No, thank you! Now I want the next treatment, please!'

'Oh yes, Sir. Next treatment is very good for your health. Colon treatment, other person will do, yes?'

Theo was al lang blij dat dit meisje de volgende behandeling niet zou doen. Ze zag er wel prettig uit, maar je haren een voor een laten uittrekken was niet meteen wat hij zich had voorgesteld van een Thaise wellnesskuur. Maar bon, de volgende behandeling kon moeilijk slechter toch? Een *colon treatment*. 'Heb ik al eens van ge-hoord', dacht Theo. *Colon*. Wat was het ook weer? Waarschijnlijk iets om de ruggengraat weer recht te trekken of zo. De ruggengraat was toch een kolom? De wervelkolom! Ja, dat zou prima zijn, want de laatste tijd had hij toch wat last van schouder- en rugpijn. De stress van de job natuurlijk, dacht hij. Op dat moment kwam de nieuwe schoonheidsspecialiste binnen, en die viel Theo toch wat tegen. Het ging hier namelijk om een dame die vroeger duidelijk een heer was geweest. Een *katoy* of *ladyboy*, daar had Theo al wel verhalen over gehoord van zakenrelaties die al eerder in Thailand waren geweest. Dit exemplaar was niet slecht verbouwd, maar je zag toch nog onmiskenbaar dat het ooit een vent was geweest. Voornamelijk aan de handen, die veel te groot waren voor een vrouw. Theo glimlachte met een zuinig mondje naar de man/vrouw. Wie wil er nu in godsnaam van een vent in een vrouw veranderen, dacht hij.

'*Ready for you colon-treatment sir? Please put your legs up here.*' Theo moest zijn benen in twee beugels hangen en lag er nu bij als een vrouw in de stoel van een gynaecoloog. Hij begon zich meer en meer ongemakkelijk te voelen. Gek systeem om je rug recht te krijgen, dacht hij. Toen kwam de ladyboy er aan met een grote rubberen slang die verbonden was met waterreservoir dat ophing aan zo'n rollende kapstok die ze in ziekenhuizen gebruiken om infusen aan te hangen. De laatste keer dat hij dat nog eens had gezien was toen ze bij zijn vader in het ziekenhuis een lavement hadden gestoken, dacht Theo. En precies op dat moment schoot het hem te binnen. Natuurlijk! Een *colon cleansing*, dat is natuurlijk een lavement! En nog voor de betekenis van deze ontdekking goed en wel tot hem was doorgedrongen, had de ladyboy op professionele wijze de rubberen slang ingebracht.

Uit de behandelkamer naast hem hoorde hij een half fluisterend en erg benepen stemmetje.

'Theo, ben jij daar? Viviane hier. Hebben ze bij jou ook allerlei rare dingen uitgespookt met een rubberen buis?'

Hoofdstuk 10

Ongeveer op dezelfde tijd dat Theo in Thailand worstelde met een rubberen slang, stapte Patrick in Ouagadougou van de rode motorfiets van de man die zich aan hem had voorgesteld als Oncle Jean-Baptiste en die hem naar de *pretty girls* had gebracht. Ze stonden voor een loods waarin grote neonletters *Emporium* opstond. Het was duidelijk de *place to be*, want hij zag hoe daar midden op de dag, in het felwitte zonlicht, voor de deuren een ware toestroom van mensen ontstond. Zonder uitzondering gitzwart.

Hij was de enige blanke, wat maakte dat Patrick zich een beetje onwennig voelde. Hij was wel eens in de Matongebuurt in Brussel geweest, maar dat was toch nog anders. Hier was hij met zijn bleke huid de uitzondering en hij voelde zich enorm aangestaard. Oncle Jean-Baptiste had zijn motorfiets geparkeerd en duwde Patrick in de richting van de ingang van de dancing. *'Quickly, the show will start soon!'* De motard had Patrick zonder te betalen via een zijingang naar binnen gesluisd – *'I am VIP, don't worry!'*

'Wat is de bedoeling?' vroeg Patrick. Zijn we er al? Ik dacht dat we...'

'Dadelijk, dadelijk', wuifde Oncle Jean-Baptiste zijn vragen weg. 'Dit is iets wat je niet mag missen. Een unieke kans, echt waar, geloof me. Ik denk dat je de eerste blanke bent die dit zal meemaken. Als je de ziel van Burkina Faso wil vatten, dan moet je zo meteen je ogen en oren wijd open houden.'

Patrick was geïntrigeerd, maar niet op zijn gemak. Hij voelde in zijn jaszak of zijn geld er nog zat, en griste uit de andere een zakdoek waarmee hij zijn bezwete voorhoofd droogdepte. In het heuptasje, dat veilig uit het zicht onder zijn hemd aan zijn riem bungelde, stak een klein cameraatje. Patrick vroeg zich af of hij dadelijk foto's zou durven maken. Als die meiden uit de kleren gingen, dan werd dat misschien niet echt op prijs gesteld. En als hij hier, in deze zaal vol Afrikanen, één foute *move* maakte, dan riskeerde hij misschien wel openbaar gescalpeerd te worden. De gedachte aan het risico dat hij hier liep, in een land waar hij niemand kende en waar geweldplegingen aan de orde van de dag waren, maakte dat hij nog erger begon te zweten. In zijn herinnering klonken Bruno's woorden door: *'It's a whole different ballgame out there*, jongen, naar het schijnt loopt Ouagadougou vol met gangsters die het op blanke journalisten met dikgevulde portefeuilles hebben gemunt.'

Mak als een schaapje, met een hart dat van schrik oncontroleerbaar snel begon te kloppen, schuifelde Patrick achter Oncle Jean-Baptiste aan, die hem een grote zaal binnenloodste. De zaal zat al stampvol met mensen en de lucht voelde ondanks een paar loeiende airco's broeierig warm en zweterig aan. Oncle Jean-Baptiste nam Patrick mee naar het verhoogde podium dat via een lange catwalk de zaal in liep. Vlak voor het einde van het podium stonden een paar stoelen waar een papier op lag met in dikke viltstiftletters 'VIP' erop geschreven. Jean-Baptiste haalde twee badges uit zijn jaszak en speldde één ervan op Patricks T-shirt.

'Zo, nu ben jij ook een VIP, en kun je vanaf de beste plek genieten van de show.'

Met zijn twee handen duwde hij Patrick onderuit op de klapstoel. *'Sit down, man, and relax. You will see the most beautiful girls in the world, and the most beautiful of them all... is my little sister!'*

Oncle Jean-Baptiste sloeg Patrick op de schouders en ging tevreden zitten. De zaallichten doofden, een enorm gejoel en applaus zwol aan, waarna een stel felgekleurde spotlights zich op de catwalk richtten. Een luid en opzwepend djembégeroffel weergalmde door de zaal en liet Patricks ingewanden trillen. Instinctief greep hij naar zijn borstkas die vibreerde door de zware bassen.

Oncle Jean-Baptiste stootte hem aan en wees naar het podium.

En wat Patrick daar zag, was iets wat hij nog nooit eerder had gezien en wat hij zijn leven lang niet meer zou vergeten.

Hoofdstuk 11

Toen Theo die avond aanschoof aan de grote tafel op het terras van het restaurant met uitzicht op de Andamanzee, had hij geen oog voor de spectaculaire zonsondergang die de hele zee in vuur en vlam leek te zetten. Hij was blijkbaar de laatste van het gezelschap om aan tafel te gaan en de sfeer leek er goed in te zitten bij de rest. Ze deden zich allemaal te goed aan de cocktails of het Changbier en hij had hen al van ver horen bulderlachen, waarschijnlijk met de moppen van fotograaf Dave. Die man had volgens hem de hele Druivelaar scheurkalender vanbuiten geleerd. Toen hij aan tafel arriveerde, zocht hij tevergeefs de stoel van Viviane. Ze was er ook nog niet. Na het debacle in het wellnesscentrum was Theo meteen naar zijn kamer gevlucht. Hij had de rest van de namiddag op de pot doorgebracht en telkens als hij dacht dat het ergste wel voorbij zou zijn, was er een nieuwe golf van onheilspellende gorgelende en borrelende geluiden uit zijn ingewanden opgestegen. Het leek wel een fanfare. De combinatie van de erg pikante kip-met-kokossoep die hij de avond voordien nog zwetend had binnengelepeld, en de *colon cleansing* met espresso coffee was gewoonweg vreselijk. Theo had nooit gedacht dat de hete pepers niet alleen pikant de mond ingingen, maar er ook weer even pikant terug uit kwamen. Het gevolg liet zich makkelijk raden. Theo liep wat ongemakkelijk op de tafel af en liet zich op zijn stoel ploffen. Hij verkeerde nog altijd in de waan dat zijn wellnesskuur van vanmiddag een goed bewaard geheim was tussen hem, Viviane en de Thaise schoonheidsspecialistes. Dat was uiteraard helemaal buiten Beatrice gerekend, die met een gespeelde onschuld aan tafel had verteld dat ze had gehoord van iemand van het wellnesscentrum dat Theo en Viviane die middag samen gezellig een darmspoeling hadden genomen. Op kosten van de zaak. Waarna Beatrice tot in de kleinste en goorste details de werking van zo'n schoonmaak in de onderste regionen uit de doeken had gedaan. De hele tafel had eerst ademloos en lichtjes verbaasd geluisterd, waarna de sfeer was omgeslagen in luid gejoel en gelach. Vooral toen Beatrice vertelde dat ze van de Thaise meisjes had gehoord (terwijl ze er in werkelijkheid zelf voor had gezorgd, natuurlijk) dat Theo had geopteerd voor de espressospoeling, was Dave bulderend onder de tafel geschoven. Toen Theo een beetje ongemakkelijk kwam aansloffen, proestte het hele gezelschap het synchroon uit. Theo, die zich van geen kwaad bewust was, informeerde met gespeelde vrolijkheid naar de oorzaak van al die dolle pret.

'Zozozo jongens en meissies, wat hebben we een lol, hé? Is Dave weer een schuine bak aan het vertellen?'

Thomas, die de eer van de Theo als nieuwe aandeelhouder een beetje wilde redden, probeerde van onderwerp te veranderen.

'Ach ja, je kent Dave, hé Theo. Maar zeg eens eerst: wil jij een pintje of heb je liever een cocktail?'

Dave, die tijdens het werk nooit dronk, maar daarna des te meer, had al enkele rum-cola's naar binnen gegoten. Hij vond dat hij met een uitgestreken gezicht nog een duit in het zakje moest doen.

'Of als je liever een espresso hebt, dat kan natuurlijk ook altijd!'

Beatrice en Claude konden hun lach nauwelijks bedwingen en moesten in hun servet bijten om het niet uit te bulderen. Bij Claude was het zo erg dat hij moest doen alsof hij een hevige hoestbui kreeg. Hij verontschuldigde zich en liep hikkend, kuchend en proestend van de tafel weg om achter een hoek dubbel te gaan liggen van het lachen. Beatrice was hem gevolgd, het servet nog in haar mond en grote tranen van het lachen biggelend over haar wangen.

Theo was zich nog altijd van geen kwaad bewust en antwoordde met zijn onnozelste gezicht.

'Oh nee, dank je. Geen espresso. Ik heb vandaag al te veel koffie gedronken.'

Deze opmerking was te veel voor Dave, die zich verslikte in zijn rum-cola en ook wild hoestend richting toiletten verdween.

Pas toen begreep Theo dat zijn geheimpje moest uitgelekt zijn. Hij lachte een beetje zuinig naar Thomas, die niet helemaal op zijn gemak teruglachte.

'Ik veronderstel dat onze wellnesskuur is uitgelekt', doorbrak Theo dan maar de stilte. Hij had geleerd dat de aanval vaak de beste verdediging is. 'Ik begrijp dat het misschien een beetje lachwekkend kan overkomen, maar zo'n behandeling is echt wel top hoor. Het geeft je nieuwe energie, het zuivert je van alle toxische stoffen en het is echt overal goed voor: je huid wordt er beter van, je vermagert en je weerstand wordt opgebouwd. Filmsterren en topmodellen van over de hele wereld doen het.'

Aphrodite en Elsie, die het daarnet nog hadden uitgeproest, hingen nu vol interesse aan Theo's lippen. Filmsterren en topmodellen! De meisjes schoven hun stoel snel dichter bij Theo en die begon met wilde armgebaren uit te leggen hoe zo'n therapie dan wel in zijn werk ging. Thomas keek van aan de andere kant van de tafel bewonderend naar het tafereel. Je moest het die Theo wel nageven: hij wist in geen tijd een voor hem erg lullige situatie om te keren in een triomftocht. Een interessante, maar ook gevaarlijke eigenschap wist Thomas: die Theo was iemand waar ze op de uitgeverij nog rekening mee moesten houden, dat was duidelijk. Hij was zo'n typische vlotte mooiprater. Iemand die achter je mee in de draaideur stapt en er op onverklaarbare wijze opeens voor je weer uitkomt. Thomas zou blij zijn als deze Thaise shoot voorbij was. Hij kon niet wachten om dit aan Louise te vertellen!

Hoofdstuk 12

Intussen liepen de gemoederen hoog op in de redactielokalen van *Don*. Vooral ter hoogte van het bureau van Kaat was de spanning om te snijden. Bijna een week geleden was de hoogblonde Nathalie, de dochter van directeur Vic, nu als veredelde stagiaire aan de slag bij *Don*. Omdat er geen openstaande vacatures bij het magazine waren en niemand goed wist welke functie Nathalie moest vervullen, had Vic aan Kaat gevraagd om zijn dochter een paar dagen mee op sleeptouw te nemen als assistente. Maar al snel werd duidelijk dat Nathalie haar jobomschrijving ietwat anders had geïnterpreteerd. Om de haverklap liet ze Kaat verstaan dat zij, Nathalie, als dochter van de baas, de touwtjes in handen had, en dat Kaat maar beter naar haar pijpen kon dansen. Nathalie was een rasechte fille-à-papa die in de ogen van haar vader niks fout kon doen. Alle redactieleden beten op hun kiezen, maar voor Kaat werd de situatie stilaan ondraaglijk. Nathalie maakte haar hoe langer hoe meer duidelijk dat ze haar zinnen had gezet op Kaats job. Kaat was als lifestyleredactrice verantwoordelijk voor het modeluik en de stylings van de fotoshoots met modellen en BV's. Een leuke job, maar ook vermoeiend en vaak frustrerend. Soms moest Kaat al haar charmes bovenhalen om vrouwelijke vedetten over de streep te trekken om in lingerie, bikini of badpak voor *Don* te poseren. Door de jaren heen had ze met veel van hen een vertrouwensband opgebouwd en was haar adresboekje flink aangegroeid. Na enige aarzeling in de beginjaren leenden grote kledingmerken nu maar wat graag stukken uit aan Kaat, die ze vervolgens naar eigen zin en smaak gebruikte in producties. Niet dat daar doorgaans veel kledij bij te pas kwam, maar goed, de speelruimte die Kaat kreeg bij haar werk benutte ze met veel creativiteit en plezier. En nu kruiste

Nathalie opeens haar pad, een meisje dat haar vader tot wanhoop dreef omdat ze geen enkele opleiding had weten af te maken, en dat met haar platinablonde haar en minirokjes alle mannenhoofden op hol deed slaan, inclusief Thomas, die – de Joris Goedbloed die hij was – niet eens in de gaten had dat hij deel uitmaakte van Nathalies ingenieuze masterplan. Ook hij was willoos overgeleverd aan een femme fatale die haar gebrek aan hersens of talent compenseerde met een overdosis ambitie. Om duidelijk te maken hoe ver haar macht reikte had ze Kaat al een paar keer een loer gedraaid. Zo had ze in de eerste week een heel bestand uit de computer van Thomas gewist, en de schuld op Kaat gestoken. Gelukkig ging het maar om schetsen, maar toch... Omdat ze wist dat Nathalie zich zou voordoen als de onschuld zelve en ze geen zin had in problemen met Vic, had Kaat de schuld op zich genomen. Van die beslissing had ze nu spijt.

Als ze erover nadacht begon haar bloed weer te koken. Ze was zodanig afgeleid door dat blonde loeder dat wel elke minuut aan haar bureau stond om haar te commanderen, dat ze nog maar één concept voor de volgende *Don* had kunnen bedenken. En morgen moest ze er toch minstens een vijftal naar de brainstorm mee kunnen nemen.

En ja hoor, daar stond ze weer, die Barbiepop – gehuld in een wolk zoete parfum – met haar lange nepnagels op Kaats bureau te trommelen. 'Kaatje?' Haar stem klonk zeemzoet en flemerig. 'Heb jij al een coveridee voor de nieuwe *Don*?'

'Euh, hoi Nathalie, ja, ik heb zoiets in gedachten.'

'En, wat is 't?'

'Goh, het is eigenlijk nog maar een vaag idee, ik moet het nog verder uitwerken.'

'Allez, is het een geheim? Ik vind het zo moeilijk om iets te verzinnen voor een mannenblad. Kun je mij niet op weg helpen, een idee geven in welke richting ik het moet zoeken? Ik lees niet veel bladen, stom hè? Mijn lijfblad is de *Cosmo*, maar daarin kijk ik alleen naar de nieuwste mode. Soms voel ik me hier echt niet op mijn plaats. Papa

denkt dat ik het allemaal wel kan, maar ik twijfel soms zo aan mezelf...'
Dat laatste had zo verdrietig geklonken, zo vol zelfkennis, dat Kaat
over haar hart had gestreken.

'Komaan Nathalie, gun jezelf wat meer tijd. Je werkt hier nog niet
zo lang. En je hebt gelijk, een mannenblad vergt een totaal andere
kijk, een andere benadering. Maar we proberen ook af te stappen
van de macho-onderwerpen, zeker na het succes van het nummer
over hekserij. Uniseks is het sleutelwoord. Ik dacht voor de nieuwe
Don aan een themanummer over lichaamscultuur, aan tatoeages en
piercings, brandings, zelfverminking, tot en met extreme plastische
chirurgie. Een onderwerp dat zowel mannen als vrouwen aanspreekt.
Snap je?'

Nathalie knikte bedeesd. 'Ik denk dat ik begrijp wat je bedoelt.
Bedankt, Kaat, je hebt me enorm op weg geholpen. Misschien dat
ik ter inspiratie de volledige vorige jaargang van *Don* eens ga door-
nemen. Maar eerst ga ik iets lekkers uit de automaat plukken. Zal ik
iets voor je meenemen?'

Kaat, getroffen door de hartelijkheid van Nathalie, knikte dank-
baar. 'Goh, zou je een kingsize Mars voor me mee kunnen nemen?
Tof!' Klikklikklik, tikten de hoge hakken van Nathalie, die heupwie-
gend terug naar de gang liep.

Opgelucht dat Vics dochter ook menselijke trekjes bleek te
hebben, richtte Kaat haar aandacht weer op haar 'ideeëndocument'.

Even later legde Nathalie, haar glimlachende lippen glanzend
roze gestift, een Mars op Kaats bureau, waarna ze naar het archief
huppelde, dat zich in het bureau van Thomas bevond.

Hoofdstuk 13

De buitenlandse trips van de redactie zaten er gelukkig weer op. De bikinishoot in Thailand was blijkbaar goed verlopen. Het hele team was gisteren geland en ook Patje was sinds gisteravond terug uit Burkina Faso met zijn verslag over de plaatselijke wielerwedstrijd. Het leven op de redactie van *Don* leek opnieuw zijn normale gang te gaan. Hoewel, normaal?

Thomas zat diep over zijn bureau gebogen, met een loep voor zijn oog een blad met contactafdrukken met de bikinibabes uit Thailand te bestuderen, toen Nathalie hem van achteren besloop en hem een klinkende smakzoen op zijn hoofd gaf.

'Dag Tommy, wat ben je aan het doen? De schaamharen van de modellen tellen?'

'Euh, eigenlijk heb ik het razend druk, Nathalie, is er iets wat ik voor je kan doen?'

Nathalie plantte haar derrière op het bureau van Thomas, waarbij ze een ezelsoor maakte in een van de bikinishootfoto's van Dave Daniëls. 'Goh, niks bijzonders eigenlijk, ik wilde alleen even zeggen dat ik heel erg van de Afrikaanse avond in de Skybar heb genoten.'

'Ah ja?' Thomas krabde zich in zijn haar. 'Jaja, absoluut, ik vond het ook heel gezellig. Fijne muziek ook.' Hij pakte voorzichtig de foto onder de billen van Nathalie vandaan en probeerde tevergeefs de kreukel uit het glanzende papier te strijken.

'Ja, zalig hè, ik ben gek op Afrikaanse muziek. Ik had zo met Patje willen ruilen om zelf naar Burkina Faso te gaan. Weet je dat ik ooit nog een Afrikaanse danswedstrijd heb gewonnen? Straf hè? Maar jij kunt er ook wat van, Thomas.'

'Dat valt wel mee, misschien nog een overblijfsel van enkele danslessen van vroeger?'

'Toch denk ik dat je je nog wat meer moet laten gaan in je bewegingen, Thomas, een beetje losser. Kom eens hier, dan laat ik het je zien.'

Nathalie pakte Thomas vast en trok hem uit zijn bureaustoel. Ze duwde haar heupen tegen de zijne en begon zachtjes heen weer te wiegen.

'Hè, watte, Nathalie, hou eens op, daar heb ik helemaal geen tijd voor nu. Louise wacht op het bewerkte beeldmateriaal.' Thomas maakte zich los uit haar greep en ging terug zitten.

'Ach wat, Louise, Louise! Die kan best even wachten. Denk toch eens een keertje aan jezelf, Tommy. Jij moet dringend eens ontspannen. Hier, dit zal deugd doen.'

Ze draaide Thomas rond op zijn bureaustoel zodat hij van haar wegkeek, legde haar handen op zijn schouders en begon hem langzaam en sensueel te masseren.

Tegen zijn wil in voelde Thomas hoe zijn spieren zich ontspanden en hoe de stress van de afgelopen dagen van hem afgleed. Hij sloot zijn ogen en gaf zich over aan de warme, zachte handen van Nathalie. De punten van haar lange blonde haar streelden zachtjes in zijn nek. 'Hoe voelt dat?' fluisterde ze in zijn oor. 'Volgens mij had je dit heel dringend nodig, niet?'

Net als Nathalie haar handen langzaam over de schouders van Thomas liet afdwalen in de richting van zijn borstkas, liep Louise binnen. Met een schokje bleef ze staan.

'Zeg, kun jij niet kloppen?' beet Nathalie Louise toe.

'Jawadde, de deur stond gewoon open.' Louise keek gegeneerd toe hoe Nathalie haar handen uiterst langzaam terug naar Thomas' schouders liet glijden om vervolgens in haar handen te klappen. 'Zo, daar had Tommy even heel dringend nood aan. Jij overlaadt die arme jongen met veel te veel stress, Louise, je moet je personeel ook eens rust gunnen. Gelukkig dat ik hier nog ben om hem een beetje te ontspannen. Dag, Tommy!' Ze wierp Thomas een kushandje toe en liep parmantig langs Louise de deur uit, zonder haar hoofdredactrice ook maar één blik waardig te gunnen.

'Zozo, jij hebt dus te veel werk? Dat had je mij ook gewoon kunnen zeggen. Dan had ik een freelancer ingeschakeld om je te assisteren. Misschien een iets praktischer oplossing dan een massage op de werkplek?' Louise pikte het stapeltje met beeldmateriaal van de bikinishoot van het bureau op en keek afkeurend naar de grote vouw die de bovenste foto vertoonde.

'Louise, het is niet wat je denkt. Nathalie...'

'Sorry, Thomas, maar ik ben helemaal niet geïnteresseerd in wat jij en Nathalie doen, zolang je het maar niet op de redactie van *Don* doet.'

Thomas begreep dat elke uitleg die hij Louise zou verschaffen sowieso bij haar in het verkeerde keelgat zou schieten. Dus gooide hij het over een andere boeg.

'Femke heeft naar je gevraagd. Ze vindt je een supervrouw, wist je dat? Ze kan niet wachten tot je nog eens bij ons thuis komt.'

Femke was Thomas' tienjarige dochter, en – zo wist hij drommels goed – Louises zwakke plek. Sinds ze het meisje voor de allereerste keer had ontmoet, toen ze bij Thomas thuis was geweest om een pakketje met fotodiscs voor *Don* af te halen, had Femke een plekje in haar hart veroverd. Zonder daar overigens veel voor te doen, zo zat Louise niet in elkaar. Trouwens, om een kind voor je te winnen is het sowieso beter om je niet te veel uit te sloven. Het was gewoon liefde op het eerste gezicht tussen die twee geweest. En behalve Iris, die voor Femke zorgde als Thomas bij *Don* werkte, was Louise de enige vrouw die Femke wilde toelaten in het huis, dat in haar ogen het exclusieve domein van haarzelf en haar papa was.

'Je weet dat ik dat geen goed idee vind, Thomas, ik wil mijn werk en mijn privéleven liever niet mengen.'

Louise wilde zich omdraaien om weg te lopen, maar Thomas greep haar bij haar pols.

'Datzelfde geldt voor mij, Louise, je weet toch dat je de enige bent die bij *Don* weet dat ik een dochter heb? Zelfs Nathalie weet daar niks van, en zo wil ik het houden ook. Maar nu Femke weet dat jij bestaat en dol is op jou, kun je het niet maken haar te negeren. Desnoods hou je mij erbuiten als je dat wil, maar speel alsjeblieft geen spelletjes met mijn dochter, Louise, dat verdient ze niet. Je weet wat er met haar moeder gebeurd is. Ik wil je niet onder druk zetten, maar voor Femke ben jij een heldin, en afgezien van Iris de eerste vrouw die ze bij ons thuis heeft toegelaten.' Hij keek haar smekend aan.

Louise zuchtte. 'Je hebt gelijk, sorry. Femke is een fantastische meid, en ik zie haar ook heel graag. Ik beloof je dat ik contact met haar houd. Dat meen ik.'

Louise herinnerde zich de avond dat Thomas haar aan de telefoon had verteld over zijn ex-vrouw Sofie, die zwaar depressief was geworden na de geboorte van Femke. Ze was noodgedwongen opgenomen in een kliniek nadat ze zichzelf en Femke van het leven had willen beroven. Het was in een zeldzaam moment van openhartigheid dat Thomas haar dit deel uit zijn privéleven had opgebiecht. Louise had samen met hem gehuild, en toen had ze ineens iets gevoeld wat haar totaal in verwarring bracht en van streek maakte. Ze had er al die tijd tegen gevochten, maar nu kon ze niet anders dan voor zichzelf toegeven dat deze man meer voor haar betekende dan een vriend. Voor Louis was Thomas slechts een collega geweest. Hoe was het mogelijk dat deze zelfde Thomas nu vlinders in haar buik veroorzaakte? Het was een gevoel dat Louise totaal overrompelde. Maar de intimiteit die tussen haar en Thomas was ontstaan, kon gewoonweg niet bestaan. Dat zij verliefd werd op een man drukte haar eens te meer met haar neus op de feiten: ze was een vrouw in een mannenlichaam. Een lichaam dat nu sterk reageerde op het lichaam van een andere man. Dat kon maar één ding betekenen: Louise was nog altijd Louis en die was homo geworden. Ze leek wel een figuur uit een portrettenreeks van Jambers! Het begon haar lichtjes te duizelen. En toch voelde ze instinctief - zoals alleen een vrouw dat kan - dat ze

Thomas kon vertrouwen. In een vlaag van intimiteit had ze hem bijna verteld wat ze voor iedereen, behalve Charlotte, verborgen hield. Na weken van stilzwijgen had ze zo'n behoefte om iemand deelgenoot te maken van haar geheim. Maar Thomas zou het niet begrepen hebben. En als ze erover nadacht, dan was Nathalie misschien wel een betere match voor hem. Alleszins zat Nathalie een stuk minder ingewikkeld in elkaar. En een freak als zij, zo dacht Louise, was iets wat Thomas in zijn gecompliceerde leven kon missen als kiespijn. En net op dat moment nam Thomas haar hand in zijn handen en keek haar indringend aan. 'Louise, ik moet je iets zeggen... Bij jou ben ik... Louise voelde hoe ze rood aanliep, van verliefdheid, van schaamte, en tegelijk ook van woede. Haar woorden klonken staccato, alsof het kogels uit een mitrailleur waren. Thomas, ik ben je *hoofdredacteur*. We zijn hier op de redactie. Dit is niet *professioneel*. Laat me ogenblikkelijk los!' Haar ogen schoten vuur. Ze trok haar hand uit de zijne en draaide zich bruusk om. Nog voor Thomas iets had kunnen zeggen, kloste ze de trappen op, en beende ze regelrecht naar de Skybar waar ze binnensmonds vloekend een dubbele whisky bestelde.

Hoofdstuk 14

'Enneh... die vrouwen daar, kerel toch, die zijn zo sexy, zo glanzend zwart en zo gewillig...' Patrick liet zijn tong langs zijn voortanden glijden, terwijl hij met zijn handen langs zijn eigen lichaam golfde om vrouwelijke rondingen uit te beelden. Hij had nu de volledige aandacht van Bruno, die helemaal opging in zijn verhaal over het nachtleven van Ouagadougou. In eerste instantie hadden ook Kaat, Nathalie, Anouk en Jana aan zijn lippen gehangen, vooral toen Patrick verslag deed van de wielerwedstrijd en de reeks vreemde, vooroorlogse fietsen waarmee de Afrikaanse wielerhelden aan de wedstrijd deelnamen, de bizarre pakjes die ze droegen en de oneindige reeks van bijna-ongelukken die de renners veroorzaakten. Tegen de tijd dat Patrick toe was aan de avonturen die hij na werktijd in het Afrikaanse land had beleefd, en zijn betoog een ranzig kantje kreeg, hadden de dames afgehaakt. Alleen Bruno kreeg er niet genoeg van, en dat spoorde Patrick aan tot steeds smeüiger ontboezemingen. 'Op een dag ben ik door een gast meegenomen op de motor naar een club waar het zo donker was dat je alleen de grote, glimmende witte tanden van de vrouwen zag, én hun lingerie. Niet dat ze overigens veel aanhadden, hahaha'. Bruno knipoogde. 'En wij hier maar onze kloten afdraaien, terwijl jij ginder op de lappen gaat. Respect, man!' Bruno sloeg Patrick op de schouder, terwijl die op zijn beurt gloeide van trots. Hij was pas gisteravond geland, en nog een beetje groggy van de lange vlucht. Ondanks het feit dat Louise hem nog een dagje respijt had gegeven om bij te komen van zijn reis, had hij niet langer kunnen wachten om naar de redactie te komen en zijn verhaal te doen. Bovendien was er een nieuw nummer van *Don* in de maak, en had Patrick welgeteld twee werkdagen om zijn stuk over de Ronde te schrijven, zodat het nog mee kon naar de drukker. En hij had een tweede stuk meegenomen. Iets waar hij Louise nog warm voor moest maken. Zijn avonturen in nachtelijk Ouagadougou hadden hem niet alleen wallen onder zijn ogen en een doorrookte whiskystem opgeleverd, maar ook stof voor een verhaal waar *Don* zeker mee zou kunnen uitpakken op de cover. Iets strafs, iets nieuws, iets smeuïgs, maar ook sociaal bewogen en cultureel verantwoord. Hij kon haast niet wachten om zijn verhaal uit te schrijven. En ook de foto's die hij had gemaakt zouden stof doen opwaaien!

Om tien uur meldde Louise dat iedereen aanwezig moest zijn op een speciale redactievergadering rond de invulling van het nieuwe nummer. Alleen Patrick was verontschuldigd. 'Patje, ga jij maar naar huis, je slaap inhalen. Je ziet er gewoonweg grauw uit. De rest van jullie mag zijn of haar beste ideeën afdrukken en meenemen.'

Sinds het succes van het *Don*-themanummer over hekserij had Louise de uniseks kaart getrokken, met veel vrouwelijke invalshoeken en aandacht voor wat vrouwen bezighoudt. De kunst bestond erin mannen te boeien en vrouwen zo ver te krijgen de nieuwe *Don* in huis te halen. Want marktonderzoek had uitgewezen dat de meeste mannenbladen gek genoeg door vrouwen worden gekocht, al dan niet om thuis met hun man te delen. De aanpak van Louise had vruchten afgeworpen, en Patrick had er geen problemen mee. Alleen de juiste *tone-of-voice* vinden was voor hem geen evidentie. Meer dan eens had Louise een kop of tussentitel van hem radicaal veranderd, wegens te seksistisch. Ook de openingsvraag van een interview met Koen de Bouw, 'Sta je liever op met een kater of een poesje?' was door Louise geschrapt. Patrick vond dat flauw. Dat moest toch zeker kunnen in een mannenblad? En oké, dat hij als uitsmijter in het gesprek met Andrea Croonenberghs een dommeblondjesmop had gebruikt, was misschien niet zijn beste inval geweest. Maar eigenlijk was het niet meer dan fair nadat zij het hele interview met ja en nee had geantwoord. Hij wist zeker dat Louis er smakelijk om had kun-

nen lachen: 'Hoe noem je een blondje met één hersencel? Zwanger!'
Toen hij die grap later op Nathalie had uitgeprobeerd, had ze 'm niet
eens door, kun je nagaan! Maar goed, nieuwe bezems vegen schoon,
en Louise was nu eenmaal een vrouw. En nog blond ook, maar zeker
niet dom. Voor Patrick zelf was de nieuwe bezem ook niet zo slecht:
nieuwe ronde nieuwe kansen. Voor de vergadering begon moest en
zou hij Louise per mail warm maken voor zijn 'vrouwvriendelijke'
reportage waarmee hij zijn aanzien op de redactie in één klap zou
verhogen. Patrick rolde zijn stoel achter zijn bureau en zette zijn
computer aan. Hij klikte zijn mailprogramma aan en tikte een nieuw
berichtje in dat hij aan Louise richtte, met als onderwerp 'Voorstel:
Burkina babes'. Mmm, misschien moest hij binnenkort bij Louise ook
toch eens het onderwerp loonsverhoging aankaarten... Tot zijn oog
viel op een mailtje met hoogdringende status uit Ouagadougou...

Om halfeen druppelden alle redactieleden, inclusief Louise, verantwoordelijke uitgever Vic en hoofdinvesteerder Theo binnen in de
vergaderzaal. Alleen Patrick was een uur tevoren naar huis gegaan,
om zijn reisroes uit te slapen nadat hij eerst een beetje zenuwachtig
een halfuur lang zijn mails had bestudeerd. Ook Jana was er niet, zij
stond in de rij bij de bakker om de hoek, waar ze de voor de vergadering bestelde koffiekoeken afhaalde. Sinds Louis vervangen was door
Louise waren ook de glazen boterhammen in de Skybar vervangen
door goedkopere alternatieven. Precies twaalf minuten nadat Jana
de receptie van Hercules onbemand achterliet en de glazen deuren
uitliep, die het cleane, moderne gebouw van het rumoerige stadscen-
trum scheidden, kruiste een bijzondere figuur haar pad. Maar omdat
Jana wist dat het elke middagpauze storm liep bij de bakker en ze haar
hongerige collega's niet te lang wilde laten wachten, had ze geen oog
voor de vrouw die zo dik was dat een van hun tweeën had moeten
wachten tot de ander door de deuren was gegaan. Zelfs het feit dat
de vrouw een paars met geel geruit kleed droeg en zo zwart was dat

ze het licht in de glazen hal leek op te slorpen, ontging Jana volledig. Had ze geweten wat de vrouw in het gebouw van Hercules kwam zoeken of beter: wie ze kwam zoeken! – dan waren de koffiekoeken vast en zeker op het tweede plan beland.

'Kaat, wil jij beginnen?' Louise keek naar haar linkerbuurvrouw, die net over het stapeltje print-outs dat voor haar lag naar het schoteltje met chocolaatjes reikte dat Jana voor hen had klaargezet naast de enorme thermosfles met verse koffie. Snel trok ze haar hand terug, maar ze zwaaide daarbij de thermosfles over de tafel, zodat de inhoud over het stapeltje papieren dat voor haar lag gulpte. De papieren veranderden in no time in een lichtbruine koek. 'Oké, Nathalie, begin jij dan maar', zei Louise met gefronste wenkbrauwen. Nathalie rechtte haar rug, waardoor haar indrukwekkende boezem bijna uit haar bloesje knapte. 'Ahum, ik dacht, gezien het ongelooflijke succes van de heksen-*Don*, Louise, dat we misschien wel wéér een themanummer konden maken. En mijn voorstel is iets te doen rond lichaamscultuur: tatoeages, piercings, brandings... je kunt daar zoveel rond verzinnen.'

Kaat, die net een chocolaatje in haar mond had gestoken, moest moeite doen om het niet uit te spugen van verbijstering. Wel allemachtig! Over 'met de pluimen van een ander scoren' gesproken! Zoiets had ze nog nooit meegemaakt. Die trut, die bitch, die dubbelgedraaide dubbelspionne! Wat een lef... Haar eerst rond haar vinger winden, een beetje de zielige uithangen en vervolgens mooie sier maken met haar ideeën!

Nathalie keek haar collega's een voor een triomfantelijk aan, en bij Thomas aangekomen liet ze haar blik even rusten tot die er ongemakkelijk van werd.

'Niet slecht, Nathalie', onderbrak Louise. Tattoos blijven altijd leuke stuff om over te schrijven, en fotografisch is het natuurlijk *gefundenes fressen*.'

'Vind ik ook', antwoordde Nathalie blij. 'Sowieso hebben de meeste BV's wel een of andere tattoo die ze maar wat graag willen laten zien.'

Vic knikte haar glimmend van trots toe. Zijn dochter had duidelijk haar draai gevonden bij *Don*. Misschien kwam het toch nog goed met haar.

Kaat gromde in zichzelf en schoof van frustratie nog een stukje dieper weg onder de tafel.

'Sorry, maar zijn tatoeages niet een beetje *schon da gewesen*?' mengde Bruno zich in de conversatie.

Theo, die stond te popelen om zich in deze brainstorm te gooien, vroeg zich af of Duitse termen tegenwoordig in de mode waren. Hij besloot ook een duit in het zakje te doen: 'Uiteraard heb je helemaal gelijk, Louise, je lichaam versieren *an sich* is van alle tijden, maar ik vrees dat dit bij de adverteerders echt niet *in Frage* komt en dat de luxemerken *überhaupt* niet in dat *Umfeld* gezien willen worden. Volgende voorstel alsjeblieft!'

Nathalie hapte naar adem en sloeg verontwaardigd haar blauwe ogen ten hemel.

Verbluft keek Louise Theo aan. Dat de nieuwe investeerder mee was gegaan op fotoshoot voor de bikinispecial, tot daar aan toe, maar nu zou hij zich ook al met de redactionele inhoud bemoeien? Dat zag er niet goed uit voor de onafhankelijkheid van *Don*.

'Kaat, heb jij een beter voorstel?' Kaat schraapte haar keel, klaar om het tweede idee op haar lijstje op tafel te gooien, toen er fors op de deur werd geklopt. Nog voordat er iemand 'binnen' had kunnen roepen, werd de deuropening gevuld door een reusachtige vrouw wier uiterlijk de hele redactie met verstomming sloeg. De vrouw was zo dik dat de laagjes langs haar lichaam leken te hangen. Bovendien zweette ze nog harder dan Vic, en dat wilde wat zeggen. Ze flashte een glimlach die een imposante rij wit blikkerende tanden bloot legde. Met een stem waarbij die van Aretha Franklin verbleekte, verbrak ze de stilte: *'Ou est Monsieur Patrick? Mon copain, my friend!'*

Vic herwon als eerste zijn stem. 'Ik denk dat mevrouw zich heeft vergist van kantoor. Waar is Jana?'

Maar Bruno, die in de dikke, zwarte vrouw de ideale afleiding zag voor het feit dat hij geen enkel idee mee had genomen naar de brainstorm, was al met gespreide armen op de vrouw afgelopen en zei in vlekkeloos Frans: *'Mais soyez la bienvenue, madame, qu'est ce que je peux faire pour vous?'*

Een beetje verwilderd keek de vrouw om zich heen. *'C'est bien le magazine* Don *ici, non? Je cherche Patrick, le grand rédacteur en chef.'*

Nu viel ieders mond open van verbazing. Patrick, *le grand rédacteur en chef*?!

'Patrick Maes, godsamme. Ik zal Jana hem uit zijn bed laten bellen!' Louise stond met een ruk op, waardoor haar stoel tegen de muur botste, en beende de zaal uit richting receptie, waarbij ze een enorme omtrekkende beweging moest maken om de mastodontische bezoekster te ontwijken. De rest van de redactie keek de vrouw sprakeloos aan.

Bruno leidde haar naar de lege bureaustoel van Louise, maar de vrouw weigerde om te gaan zitten. Bij nader inzien was haar zitvlak ook veel te omvangrijk om tussen de stoelleuningen te passen. *'Vous venez... euh... de Burkina Faso?'* vroeg Anouk. De vrouw knikte, en pakte het glas water aan dat Theo haar gaf. Een beetje meer op haar gemak nu, begon ze te vertellen: *'Monsieur Patrick m'a fait des promesses! Il va m' aider.'* zei ze hoopvol. Ze was dik als een olifant, honderdtwintig kilo op zijn minst, met minstens drie onderkinnen, maar ze had wel een lieve glimlach, vond Theo.

Louise kwam de vergaderruimte terug binnen. 'Jana is er niet, heeft iemand het thuisnummer van Patrick bij de hand.'

'Wat heeft die idioot in Afrika uitgevreten?' vroeg Vic zich hoofdschuddend af. 'Als je het mij vraagt, heeft hij de Ronde van Burkina Faso niet alleen verslagen, hij heeft haar ook maar meteen mee naar

België genomen!' merkte Bruno hikkend op. Hij kwam niet meer bij en verslikte zich bijna in zijn koffie. Louise kon er niet mee lachen. 'Wie weet wat hij haar allemaal heeft beloofd.'

Jana kwam binnen met de koffiekoeken, maar liet de papieren zak op tafel vallen toen ze de onbekende vrouw opmerkte met alle redactieleden om haar heen.

'Wat is er hier aan de hand?' 'Oh, niks bijzonders. Patrick heeft een souvenir meegenomen uit Afrika', smaalde Anouk. 'Kennelijk heeft hij een van zijn Burkinese veroveringen iets te veel beloftes gedaan.'

Bruno: 'En... als Mozes niet naar de berg komt, dan komt de berg wel naar Mozes. Wat zeg ik, de hele Kilimanjaro is hier om haar rechtmatige bruidegom op te eisen, hahaha! En Patje maar opscheppen over zijn wilde avontuurtjes ginder. Dit zal hem leren!'

De enige die niets zei, was Kaat. Zij staarde alleen maar naar de dikke dame die zich had voorgesteld als Marie-Christine Bgwongobongo, en ze schudde vol ongeloof haar hoofd.

Hoofdstuk 15

'Wat doen we nu?' Als ik bel, ziet hij dat het de redactie is en pakt hij niet op. Ik heb hem immers officieel een dag verlof gegeven. Iemand moet het met zijn gsm proberen', opperde Louise. Na enige discussie kwamen de redactieleden overeen dat de eer om Patrick uit zijn bed te bellen naar Bruno zou gaan. Niet dat die veel overtuiging nodig had, hij stond al klaar met zijn mobieltje in de hand.

Ze hadden de Afrikaanse vrouw wel alleen, maar met het gezelschap van een colaatje en de schaal koffiekoeken in de vergaderruimte achtergelaten, en ze stonden nu allemaal om Bruno heen geschaard, die glimmend van genoegen het thuisnummer van zijn collega intoetste. De telefoon ging welgeteld twaalf keer over voordat Patrick met een onderdrukte geeuw opnam. Bruno zette zijn telefoon op speakerstand zodat iedereen kon meeluisteren.

'Jawaddist?'

'Patje, jongen, 't is Bruno hier. Sorry dat ik je in uw jetlag moet storen, maar er staat hier gewichtig bezoek op je te wachten'.

Bruno knipoogde naar Vic en Anouk, die naast hem stonden en zich nauwelijks stil konden houden. Patrick geeuwde nog een keer: 'Kan niet belangrijk zijn, ik heb geen afspraken gemaakt. Zeg maar dat ik morgen weer op de redactie ben.'

'Gaat niet, jongen, het is dringend. Deze dame stààt erop om jou te zien. We hebben haar proberen af te wimpelen, maar ze geeft niet op. 't Is een ferme madam, Patje, ik zou je niet zelf bellen als het niet waar was!'

'Hoe, een vrouw? Wie dan? Hoe ziet ze eruit?' Patrick was ondanks zijn vermoeidheid opeens een en al aandacht. Het was aan zijn reactie te merken dat hij niet vaak vrouwelijk bezoek op de werkplek ontving. Net zo min als bij hem thuis overigens.

'Goh, hoe zal ik haar omschrijven?' Bruno rekte zijn woorden uit als kauwgom, zichtbaar genietend van dit telefoongesprek. 'Ze is... indrukwekkend, dat kun je gerust zeggen. Een bom van een vrouw, ronde borsten, lekkere kont. Eigenlijk kan ik haar nog het beste omschrijven met jouw eigen woorden: zo sexy, zo glanzend zwart en zo gewillig!' Met zijn ene hand omklemde Bruno het spreekgedeelte van de telefoon, zodat Patrick zijn geproest niet zou horen.

'Wat bedoel je? Zit jij mij op mijn vrije dag een beetje in de maling te nemen Bruno? Niet grappig, tot morgen!'

'Neenee, niet ophangen, Pat, ik meen het. Je moet NU naar de redactie komen, want anders geef ik mademoiselle Bgwongobongo jouw thuisadres en zoek je het daar maar uit, *monsieur le redacteur en chef.*' Die laatste titel had hij er smalend en met een Afrikaans accent aan toegevoegd.

Het bleef even stil aan de andere kant van de lijn, tot een grommende vloek uit de speaker de redactielokalen vulde. 'Godver, Bruno, zeg dat het niet waar is, man! Wie staat daar? Iemand uit Burkina Faso? Wat moet ik doen? Jezus, wat nu?' Blinde paniek klonk door in zijn stem, die was beginnen beven.

'Geen idee, maar als ik jou was, zou ik maar maken dat ik naar hier kwam om het een en ander tegenover je vriendin uit te klaren. Straks zijn de koffiekoeken hier op en dan sturen we haar naar jou thuis voor het dessert. Ciao, Patje!'

Bruno had zijn gsm nog niet uitgezet of de redactie barstte in luid gejoel uit. Tot Louise het welletjes vond en iedereen tot de orde riep. Er moest immers nog een blad gemaakt worden, en de deadline naderde met rasse schreden.

Hoofdstuk 16

'Marie-Christine, wat doe jij hier?!' Patrick sloot de deur van de vergaderruimte zorgvuldig achter zich, zodat hij ongestoord en zonder nieuwsgierige blikken van zijn collega's met Marie-Christine kon praten.

'Dag Patrick, zo fijn om je terug te zien!' Marie-Christine pakte zijn hand in de hare. Ze keek recht in zijn ogen. 'Ik weet dat ik je verras, en je misschien zelfs in moeilijkheden breng door naar België te komen, maar ik zag geen andere oplossing. Mijn broer heeft mijn ticket gekocht, en me geadviseerd om jou op te zoeken. Jij bent de enige die ik ken in Europa, Patrick. De enige die me in contact kan brengen met een goede arts. Ik wilde oorspronkelijk naar Amerika, maar ik ben van gedachte veranderd toen jij me die avond vertelde dat de ziekenhuizen hier in België tot de beste ter wereld behoren. Toen wist ik wat me te doen stond. Het spijt me dat ik je niet van te voren heb gebeld, maar je hebt me alleen het adres van je werk gegeven, en daar nam je je telefoon niet op.'

'Dat komt omdat ik er nog niet was! Ik ben nauwelijks terug uit Burkina, Marie-Christine. Had je niet kunnen wachten?'

'Ik heb nog maar weinig tijd, Patrick. Mijn gezondheid verslechtert snel. Als jij me niet wil helpen, dan zoek ik hier zelf wel iemand die dat wel wil. Ik zal je niet lastig vallen. Maar jij bent mijn enige link met het westen. Ik kan met mijn toeristenvisum een maand in België blijven, maar misschien houdt mijn lichaam het zelf niet zo lang meer uit. Ik heb geen keuze, Patrick. Denk aan Lizzy en Shawn, je hebt ze zelf ontmoet. Wat moet ik mijn kinderen zeggen? Jullie mama heeft nog een half jaar te leven en er is niks dat we kunnen doen? Jean-Baptiste had gelijk, ik moest deze kans met beide handen grijpen. Het spijt me als je vindt dat ik je gebruikt heb. Wij beschouwen je allemaal als een broer, Patrick. Zeg me eerlijk, wil je me helpen om een geschikte arts te vinden zodat ik hier in België een behandeling kan starten? Anders vertrek ik nu en zie je mij nooit meer. Dat beloof ik je.'

Patrick slikte moeilijk. Nooit had hij gedacht dat zijn korte verblijf in Ouagadougou zo'n gecompliceerd staartje zou krijgen. In gedachten keerde hij terug naar die avond in de Emporium, die megadancing in de hoofdstad van Burkina Faso, waar Jean-Baptiste, de broer van Marie-Christine hem op de motor naartoe had gebracht. Per toeval was hij in de Burkinese hoofdstad juist op het moment dat de jaarlijkse Miss Large-verkiezingen werden georganiseerd. Een mega-evenement dat heel het land in de ban hield. Jean-Baptiste had hem na afloop voorgesteld aan zijn 'petite soeur', Marie-Christine, en van het een was het ander gekomen. Maar niet in de zin die Bruno zich voorstelde. Patrick was door de familie Bwongobongo uitgenodigd om samen met hen de overwinning van Marie-Christine te vieren. Ze hadden biertjes gedronken bij de familie thuis, en ze hadden gelachen, gedanst en gediscussieerd. Over de verschillen tussen België en Burkina Faso, en over doorgedreven schoonheidsidealen in het westen en in Afrika. Over uitgemergelde westerse modellen op de catwalk en over fat farms in Afrika waar jonge maagden naartoe werden gebracht om te worden vetgemest voor hun huwelijk. En ze hadden verbroederd, net zo lang tot Patrick zich een van hen voelde, hun verschillende huidskleuren vervaagden en de wereld zich verengde tot het hier en nu, in het eenvoudige huis van de familie Bwongobongo...

Pas tegen de volgende ochtend, toen alle familieleden en vrienden naar bed waren en oom Jean-Baptiste nog in zijn krijtstreeppak op de bank lag te snurken, had Marie-Christine, net als hier en nu in de vergaderruimte van *Don*, zijn hand vastgepakt en hem haar geheim verteld. Over de ware toedracht van haar omvang. Over haar stofwisselingsziekte, die haar dan wel een verhoogde sociale status, een gouden kroontje en een nieuwe motorfiets had opgeleverd, maar die binnen afzienbare tijd ook haar dood zou betekenen. Tenminste, als ze niet snel behandeld zou worden. Het was de ironie ten top. Patrick had haar verhaal vol ongeloof aangehoord. En toen had hij Marie-Christine verteld over België, en over de uitstekende reputatie van de ziekenhuizen hier. Hij had haar serieus willen helpen, maar Marie-Christine was hem te snel af geweest. Haar pas gewonnen motorfiets had ze verkocht, en met het geld had ze een ticket naar Brussel geboekt. Een poosje na Patrick was ze op de luchthaven van Zaventem geland. In een land waar ze maar één persoon kende, en er waar er artsen waren die haar van een wisse dood konden redden.

Patrick stond op en streek Marie-Christine over haar bezwete voorhoofd. 'Ik zal je helpen, maak je geen zorgen. Blijf even hier, dan zal ik een rondje bellen. Hoe sneller we een specialist te pakken hebben, hoe beter.' Hij draaide zich om en verliet de vergaderzaal. Marie-Christine barstte van pure opluchting in tranen uit.

Hoofdstuk 17

Om zes uur waren de meeste redactieleden huiswaarts getrokken. Alleen Thomas zat nog achter zijn G5 lay-outs te maken voor de laatste reportages die waren binnengekomen. Het lot van de art director: als de rest klaar was, begon zijn werk. En vandaag stond hij er alleen voor. Het strakke redactiebudget van Anouk stond Louise niet toe om extra freelance werkkrachten in te schakelen. Alleen bij hoge uitzondering, als Thomas het echt niet meer alleen aankon, en dat gebeurde zelden, werd hij geassisteerd. Iedereen wist dat Thomas een groot hart voor de zaak had en als het nodig was tot diep in de nacht doorploeterde. Dat het ten koste ging van de tijd die hij met zijn dochter Femke kon doorbrengen, wisten zijn collega's niet. Hij hield hen immers in het ongewisse wat zijn gezinsleven betrof. En als hij er niet was, trad Iris op als vervangmoeder. Geen ideale situatie, maar gezien de omstandigheden de best mogelijke.

Ook Louise zat nog achter haar computer, naar een volledig zwart beeldscherm te staren. Ze wilde naar huis, maar iets hield haar hier, op de redactie, in de nabijheid van Thomas. Die jongen deed iets met haar, maar er zat nog iets te veel man in Louise om dat te durven toegeven. Bovendien had ze nog altijd goede hoop dat ze binnen nu en afzienbare tijd helemaal terug man zou worden, en wat dan? Zou ze als Louis ook nog... Voor Thomas? Brrr! De rillingen liepen over haar rug bij de gedachte alleen al. Maar nu was ze nog vrouw, met alle hormonale oprispingen die daarbij hoorden. Alleen Charlotte was op de hoogte van Louises gevoelens voor Thomas, maar haar reactie was op zijn zachtst gezegd dubbelzinnig. Aan de ene kant had Charlotte gevonden dat Louise zich zo vrouwelijk mogelijk moest gedragen, maar als het om Thomas ging, stelde ze zich opeens een stuk conservatiever op. Het leek wel of Charlotte een relatie tussen Louise en Thomas afkeurde. Nu ja, Louise had zelf ook haar mening over Charlottes flikkerlichtrelatie met Maarten niet onder stoelen of banken gestoken. Wat Charlotte daar in zag, Joost mocht het weten. Maarten was een windbuil, die Charlotte met zijn mooipraterij om zijn vinger wond, maar haar bij de eerste de beste gelegenheid liet vallen als een baksteen. Maar alleen al één blik van zijn diepblauwe ogen leek Charlottes hersencellen uit te schakelen. Vrouwen! Hoewel Louise moest toegeven dat ook Thomas' bruine kijkers haar allerminst onberoerd lieten. Maar het verschil tussen Charlotte en Louise was dat Louise zich tegen haar gevoelens verzette als een duivel in een wijwatervat.

Vanuit het perspectief van een vrouw schenen relaties Louise veel gecompliceerder toe dan uit het mannelijke oogpunt. Als Louis had ze over al dit soort relationele verwikkelingen geen gedachte vuil gemaakt. Louis had vrouwen versierd zonder over de consequenties na te denken. Nu ja, het was duidelijk dat Louise daar nu de gevolgen van droeg...

In de gang hoorde ze hoe Jana aan de receptie haar tas pakte en de deur achter zich sloot. Even later floepte het licht uit en werden de redactielokalen in duisternis gehuld. Alleen in de ruimte beneden, nog geen twintig passen van haar verwijderd, legde een jonge, aantrekkelijke, mooie en sexy man, met een stem die Louise op slag deed smelten, de laatste hand aan de laatste pagina's van *Don*. Ze zuchtte en zette haar computer terug aan, typte haar wachtwoord in en opende haar mail. Haar oog viel op een berichtje van Patrick met als onderwerp '*Burkina babes*'.

Dag Louise, alvast even een vooruitblik op de reportages die ik van plan ben over mijn verblijf in BF *te maken. Je kunt rekenen op mijn verslag over de Ronde van* BF, *maar ik zou ook graag een sociaal bewogen stuk maken over een wel heel speciale missverkiezing die ik heb bijgewoond in Ouagadougou. Een letterlijk geweldige verkiezing, waar de dikste vrouwen*

meedingen naar de titel van Miss Large Lady. Dik zijn is in Afrika geen
nadeel, maar een schoonheidsideaal! Ik heb er gesproken met de winnares.
Ze heet Marie-Christine en ik heb haar uitgebreid geïnterviewd voor mijn
artikel. Een pracht van een vrouw, werkelijk. Ik heb veel foto's gemaakt, die
gooi ik morgen bij je binnen. Wat dacht je van 'Burkina Babes in Badpak'?

Louise kneep haar ogen dicht. Patrick, de idioot! Had hij Marie-
Christine honing aan de mond gesmeerd, en was ze hem daarom
naar België gevolgd? En wat was dat toch met vrouwen en hun
gewicht. Hier waren ze te dik en daar te mager. Het was ook nooit
goed. Stiekem betastte ze haar billen en buik. Als man had ze zich
zelden druk gemaakt om haar gewicht. Maar nu leek een vetrolletje
meer of minder opeens een halszaak... Trouwens, wat zou Thomas
eigenlijk verkiezen, een pannenlat of een vrouw met rondingen?

Intussen waren er op dit late uur nog twee vrouwen in het gebouw
van Hercules. De eerste was Kaat, die zich in de Skybar had verschanst
achter een extra droge Martini (48 kilocalorieën) met daarin een olijf
(7 kilocalorieën) aan een tandenstoker gespietst. De Skybar, die ook
wel dienst deed als redactiekantine, lag ondanks de hoogdravende
naam op het gelijkvloers van het kantoorgebouw.

Kaat nam kleine teugjes van haar glas en voelde hoe elke slok de
scherpe kantjes van de dag deed vervagen. Ze kon bijna niet geloven
dat er mensen waren zoals Nathalie, haar kersverse medewerkster
slash dochter van haar baas Vic slash verwend nest. Ook tegenover
Louise had Kaat tot dusver haar mond gehouden. Kaat had het
gevoel dat je bij haar niet moest afkomen met van die vrouwen-
onder-elkaar-problemen. Voorlopig stond ze er dus alleen voor. Maar
de situatie vrat aan haar. Dat er iets moest gebeuren voor het echt
oorlog werd, dat was duidelijk. Kaat bestelde een tweede Martini
en pakte haar notitieboekje en pen uit haar tas. Morgen zou de
brainstormsessie die vandaag zo bruusk was onderbroken door de
komst van Marie-Christine, hervat worden. En nu het tattoo-idee,

hàar idee, uiteindelijk ook door Theo was verworpen, moest Kaat met iets nieuws op de proppen komen. Ze wilde een briljant thema verzinnen, iets wat Louise meteen op de cover kon zetten, iets wat goed verkocht! Maar vooral iets wat haar aanzien bij *Don* zou verhogen, iets waaruit zou blijken dat ze haar job waardig was, en wat Nathalie definitief in haar schaduw zou stellen. Zuchtend krabbelde ze een paar bloemetjes en poppetjes in de kantlijn. Er wilde haar niks te binnen schieten. Tenminste, niet iets dat niet al honderd keer eerder op de cover van *Don* had gestaan. Iets met seks, sport of auto's bijvoorbeeld. Tien jaar geleden verkochten die onderwerpen nog als zoete broodjes, daar kon je je klok gelijk op zetten. Maar de gouden tijden voor de mannenbladen waren voorbij. Nu de macho het veld had geruimd voor de metroseksueel waren de *lad magazines* het noorden kwijt. Dat had Louise goed begrepen, en zij voer duidelijk een nieuwe koers. Vrouwelijker, maatschappelijk bewogen, diepzinniger... Kaat voelde haar maag knorren. Sinds dat ene chocolaatje tijdens de lunchvergadering had ze niks meer gegeten. Thuis had ze behalve een brood van gisteren, nog welgeteld één blik met ravioli en een pakje met tomatenpuree in de kast staan. Er was niemand die thuis op haar wachtte. Het was kiezen tussen de afhaalchinees of ravioli met tomatensaus. Of... koffiekoeken, mmm... er moesten er als het goed was nog een paar op de vergadertafel zijn achtergebleven. Met haar glas in haar ene hand en haar tas in de andere geklemd verliet Kaat de Skybar.

Boven in de redactielokalen waren de lichten gedoofd. Alleen in het kantoor van Louise brandde nog een lamp. En ook uit de vergaderzaal kwam een zwak schijnsel, ontdekte Kaat. Ze duwde de deur open en zag tot haar grote verrassing dat Marie-Christine nog altijd op de plek zat waar ze haar die middag hadden achtergelaten. Voor haar op tafel stond de schaal met koffiekoeken – nu leeg – en een doos met Kleenex. De zwarte vrouw zat met haar rug naar Kaat, maar aan haar houding zag Kaat onmiddellijk dat ze huilde. Zachtjes liep ze in de richting van Marie-Christine en legde haar hand op haar schouder. Toen ze zich omdraaide zag Kaat dat er grote tranen langs haar koolzwarte wangen biggelden. *'I'm so sorry, excuse-moi s'il vous plaît'*, fluisterde Marie-Christine. Zo luid en duidelijk als haar stem vanmiddag had geklonken, zo hees en bijna onhoorbaar was ze nu. 'Het geeft niet', zei Kaat in haar beste Frans. 'Er is hier niemand meer, je hoeft je niet te verontschuldigen.'

'Ik weet niet wat me heeft bezield om naar België te komen', zei Marie-Christine. 'Voor monsieur Patrick ben ik niet welkom, dat heeft hij me duidelijk laten verstaan. Toch was hij tijdens die paar dagen in Ouagadougou helemaal anders. Wij begrepen elkaar, hij gaf me het gevoel... Ik voel me zo vernederd...' Marie-Christine begon harder te huilen, met lange uithalen. Kaat voelde zich opgelaten. Wat moest ze hier nu weer mee. Dat Patrick zijn eigen rotzooi achter zich opruimde. Hoe haalde hij het in zijn botte hoofd om dit naïeve mens met mooie praatjes wat wijs te maken om zijn perverse lusten te botvieren. Meneer 'de hoofdredacteur!' Pfff. Zouden hij en Marie-Christine écht...? Kaat wilde er niet eens aan denken. Diep in haar hart voelde ze de hele affaire aan als een persoonlijke belediging. De week voordat Patrick naar Burkina Faso was vertrokken, hadden zij en Patrick na een nachtje zwaar doorzakken in de Skybar elkaar gezoend. Een grote, onvergeeflijke vergissing, vond Kaat toen ze weer nuchter en bij zinnen was, en als ze eraan terugdacht steeg het schaamrood spontaan naar haar wangen. Maar dat meneer amper een week later in den vreemde al met een andere vrouw aanpapte, dat vond ze misschien nog gênanter. Het enige wat ze Patrick moest nageven was dat hij niet over een vetrol meer of minder leek te struikelen. Als ze zichzelf met Marie-Christine vergeleek – en Kaat vergeleek zich altijd en overal met andere vrouwen – dan leek Kaat met haar maatje 42 wel een mannequin. Met een schuine blik keek ze naar de lege schaal op tafel. En toen naar de dikke zwarte vrouw die overduidelijk in zak en as zat en bijna verdronk in haar verdriet.

'Kom, Marie-Christine', zei ze vriendelijk. In een opwelling pakte ze de Afrikaanse bij haar arm en duwde haar zachtjes maar dwingend in de richting van de deur. 'We gaan. Hier op de redactie kun je niet blijven, dan gaat het alarm af.'

'Gaat u mij naar een dokter brengen?' vroeg Marie-Christine. 'Een dokter?!' Kaat keek haar niet begrijpend aan.

'Ja, Monsieur Patrick zou mij in contact brengen met een bekwame arts.'

Kaat keek de vrouw aan. Het eerste wat door haar heen schoot was: o jezus, hij zal haar toch niet zwanger gemaakt hebben?

'Een dokter, natuurlijk, morgen maak ik een afspraak voor je, maak je geen zorgen.'

Marie-Christine sputterde tegen: '*Mais Monsieur Patrick*, hij heeft mij gezegd dat hij zo terugkomt.'

'Ach ja, dat zeggen ze allemaal, mànnen!' mompelde Kaat in het Nederlands, waarna ze Marie-Christine geruststelde.

'Vannacht kun je blijven slapen in mijn appartement, en dan zien we morgen wel verder.'

Ze liepen de deur uit net voor Patrick uit de wc's opdook. Kaat stak haar arm door die van Marie-Christine: 'Maar eerst gaan we iets eten, oké? Hou je van ravioli?'

Hoofdstuk 18

Louise liep in het zwakke schemerlicht van de straatlantaarns langs de waterkant naar huis toen ze achter zich de voetstappen hoorde van iemand die hard rende.

'Louise, wacht!'

Ze draaide zich om en zag hoe Thomas zich hijgend dubbelplooide en een lantaarnpaal vastklemde om weer op adem te komen.

'Zo'n haast, kijk maar uit voor je hart!'

'Oh, maak jij je dan zorgen om mijn hart?' lachte Thomas. 'Bang dat het gebroken wordt?'

Het was een onschuldig grapje van Thomas, maar Louise voelde het schaamrood naar haar wangen stijgen. Wat was dat nu weer? Opvliegers, verdorie! Daar had ze als Louis nu echt nooit last van gehad! En nu bloosde ze bij zo'n onnozele opmerking van Thomas als een bakvis van twaalf jaar die met Valentijn een kaartje met een hartje erop in haar boekentas vindt. Man man man, vrouwen hadden dan wel van de natuur het geschenk meegekregen dat ze kinderen kunnen baren, maar dat privilege had wel een prijs; maandstonden, pms, cellulitis, stemmingswisselingen en nu dus blijkbaar ook plots en gênant blozen. Gelukkig was het te donker voor Thomas om er iets van te merken, maar toen de hitte uit haar gezicht trok realiseerde Louise zich dat ze Thomas nog altijd van antwoord moest dienen.

'Jouw hart is het minste van mijn zorgen, Thomas. En ik zou me daar verder ook geen illusies rond maken met betrekking tot mij. Onze relatie is en blijft puur zakelijk. Het feit dat ik gisteren bij jou thuis ben geweest en je oogappel heb ontmoet, wil niet zeggen dat we meer hebben dan een zakelijke relatie.'

Louise was de dag voordien even bij Thomas binnengewipt,

omdat hij net terug was van de bikinishoot in Thailand, en ze wilde weten hoe de foto's eruitzagen. Ze had zichzelf wijsgemaakt dat ze dat bezoek zuiver om professionele redenen had gebracht, maar diep vanbinnen moest ze toch toegeven dat ze er ook naar had verlangd Thomas terug te zien. Het weerzien was heel prettig geweest. Thomas had – met een suf hoofd van de jetlag – een flesje witte wijn opengetrokken en ze hadden samen gezellig achter zijn laptop gezeten om naar de foto's van de bikinispecial te kijken. Thomas had in geuren en kleuren het verhaal van Theo en zijn *colon cleansing* verteld en Louise had bijna in haar broek geplast (nog zo'n voorrecht van het vrouwzijn!) van het lachen. Omdat ze zo hadden zitten lachen, was onverwacht het allerliefste wezentje dat Louise ooit had gezien de trap afgedaald, met de slaap nog in haar ogen. Het was Femke, Thomas' best bewaarde geheim. Ze was meteen bij Louise op schoot gekropen, had haar armpjes rond haar hals gelegd en was opgekruld als een klein poesje, met haar snoetje in Louises oksel, in slaap gevallen. Thomas was totaal verbaasd geweest, want dat had hij zijn dochter nog nooit zien doen, en zeker niet bij een wildvreemde. Misschien had het feit dat hij thuis al veel over Louise had verteld er wel iets mee te maken dat Femke zich zo geborgen bij haar voelde, maar dat verklaarde lang niet alles. Het moest zijn dat Femke, met de feilloze intuïtie en de onschuld van een kind, aanvoelde dat er meer was tussen Louise en haar papa dan alleen een werkrelatie. Toen Louise Femke later terug in haar bedje legde en toedekte, voelde ze zich voor het eerst sinds lange tijd helemaal gelukkig. Ze dacht niet aan haar leven als Louis, aan de redactie en aan het gekonkelfoes van Bruno. Ze dacht helemaal niet na. Het was *a perfect day*, zoals Lou Reed ooit zo mooi zong. Tot het moment dat Thomas haar op de sofa had willen kussen en ze zijn avances op een nogal onhandige manier had afgeweerd en snel naar huis was gereden.

En nu, precies 24 uur later, sloeg diezelfde Louise haar eigen droom aan stukken. Waarom? Misschien omdat ze zelfdestructief was, omdat ze niet gelukkig kon zijn als Louise, omdat ze weer Louis wilde worden, omdat ze niet langer tegen Thomas wilde liegen, omdat haar leven een leugen was en ze niet iedereen wilde meesleuren in die leugen. Ze zou alleen maar verdriet en teleurstelling brengen in de levens van iedereen met wie ze zich inliet. Dat verdiende Thomas niet en dat verdiende zo'n klein engeltje als Femke zeker niet. En dus moest ze hier en nu aan Thomas duidelijk maken dat hij zich geen illusies moest maken. Harde liefde.

'Maar, Louise', begon Thomas. 'Wat we gisteravond hadden, dat was toch speciaal? Voor mij ben je veel meer dan een collega? Ik heb met Louis nooit zulke intieme momenten meegemaakt!' Thomas probeerde zijn stem luchtig te doen klinken, hij wilde Louise niet bruuskeren.

'Thomas, dat was gisteren en dit is vandaag. En ik ben je collega niet, ik ben je baas. Ik kwam om puur professionele redenen naar je huis om de bikinifoto's te bekijken. En we hebben wijn gedronken en ik heb je dochter gezien. Dat is er objectief gesproken gebeurd.'

Nu begon Thomas stilaan zijn geduld te verliezen.

'Wil je dan zeggen dat ik blind ben? Dat ik het verkeerd heb ingeschat dat je het leuk vond? Dat je je gsm-nummer nog in Femkes telefoon hebt ingetoetst, 'voor als ze eens een keertje wilde bellen'? Dat er een vonk tussen ons was?'

Thomas had met beide handen het gezicht van Louise vastgenomen en tot bij hem gebracht. Hij keek diep in haar ogen en fluisterde nu zacht. 'Durf je echt zeggen dat gisteren alleen maar dat was. Want voor mij Louise, was het oneindig meer. Voor mij was het een geschenk. Een kostbaar cadeautje dat ik je zo dicht bij mij kon voelen. Dat je naast mij achter de computer zat en ik je adem hoorde.' Op dat punt aangekomen leek Louise zichzelf helemaal gewonnen te geven. Ze verdronk in de ogen van Thomas en zijn stem scheen haar helemaal te hypnotiseren, zoals die van de slang Kaa uit Jungle Boek. 'Dus dit is romantiek', dacht ze in een vlaag van nuchterheid, en een seconde later gaf ze zich aan hem over. Thomas zag dat zijn aanpak begon te werken en stak nog een tandje bij.

'Dat ik naast je zat en de warmte van je lichaam mij in vuur en vlam zette. Dat ik je tegen me aan wilde...'

Nu legde Thomas langzaam zijn rechterhand op Louises achterste. Dat was een initiatief dat hij beter niet had genomen. Louises knie schoot als in een reflex naar voren en trof Thomas keihard tussen de benen. Die klapte dubbel op straat, naast de lantaarnpaal die hij daarnet nog had omhelsd om uit te hijgen na het sprintje dat hij getrokken had om Louise bij te benen. Thomas keek met een mengeling van afgrijzen, onbegrip en pijn op zijn gezicht naar Louise die – geschrokken van haar eigen reflex – niet wist hoe ze dit verder moest aanpakken. De Louis in haar had het uiteindelijk toch gewonnen van de zwijmelende Louise, daarbij geholpen door het onhandige hand-op-kontmanoeuvre van Thomas. Omdat ze zichzelf geen houding wist te geven, prevelde Louise een paar excuses en beende snel weg. Daarbij struikelde ze door de hoge hakken die ze vanmorgen had aangedaan. Een knietje! Ze had Thomas potdorie een knietje gegeven! Alleen al bij de gedachte daaraan vertrok het laatste restje man in haar van een plotse scheut fantoompijn.

Hoofdstuk 19

'Een knietje? Heb je hem echt een knietje gegeven?'

Charlotte keek met ogen vol ongeloof naar Louise.

'Hij had maar met zijn poten van mijn kont moeten blijven, Charlotte.'

'Ja, maar je vond Thomas toch oké? Als ik me niet vergis, heb ik je van de week nog horen klagen over het feit dat Nathalie haar handen niet van hem kan afhouden. En nu laat hij blijken dat hij je graag heeft en wat doe jij!'

'Godverdomme, Lotje, je hoeft mij de les niet te spellen. Snap je dan niet dat het voor mij nogal verwarrend is dat een vent uit mijn eigen redactie, met wie ik tot voor kort alleen over voetbal, bier en wijven praatte, nu zijn ogen niet van mijn borsten kan houden? Trouwens, wie weet hoe lang ik nog Louise blijf. Misschien is de vloek morgen wel uitgewerkt, en wat dan? Dan kan ik als Louis terugkijken op een stomende nacht in het bed van Thomas, nee, dank je beleefd!'

Charlotte zette de ontbijtborden in de vaatwasser en gooide de lade met een klap dicht.

'En wat deed je dan toen je nog Louis was? Terugkijken op een hele serie van stomende nachten in het bed van vrouwen van wie je de naam tegen het ochtendgloren al vergeten was. Het enige verschil is dat het deze keer om een vent gaat, en een die jou echt heel graag ziet. Maar dat zie jij nooit, hè, Louise, wat andere mensen voor jou voelen, dat ontgaat jou altijd, ongeacht of je nu in het lichaam van een man of van een vrouw zit.'

Louise stond voorovergebogen over de keukentafel en klemde het blad met haar handen vast. 'Wat bedoel je daar nu mee?!'

'Wel, dat het bij jou altijd om jou draait. Dat was al zo toen je

Louis was, en eigenlijk is het alleen nog maar erger geworden. *Me-myself-and-I*, een hele geruststelling hoor, dat ondanks je spectaculaire metamorfose je ego intact is gebleven.'

Louise hapte naar adem, het bloed trok weg uit haar gezicht en haar handen, die zich nu tot vuisten hadden gebald.

'Ik dacht dat jij mijn vriendin was, dat jij aan mijn kant stond. Jij bent de enige die weet door welke hel ik ga. En wat Thomas betreft: nu moet ik hem opeens zijn gang laten gaan en vorige week vond je hem nog maar niks. Over wispelturigheid gesproken.'

Nu werd het Charlotte te veel. Ze ging aan de andere kant van de keukentafel staan en keek Louise woedend aan.

'Dat moet jij nodig zeggen. Als ik jou eens een keer vertel over mijn problemen met Maarten, over mijn gevoelens voor hem en hoe hij zich soms gedraagt, dan krijg ik van jou de wind van voren. 'Maarten zou niet goed genoeg voor mij zijn, Maarten gedraagt zich als een hond, Maarten is een egotripper, etcetera, etcetera.' Maar je vergeet dat Maarten er altijd voor me was als Louis weer eens...'

'Als Louis weer eens wat?' Louise tilde een wenkbrauw op.

'Niks, laat maar.'

'Sorry, Lotje, maar ik begrijp echt niet waar je het over hebt. En ik vind Maarten inderdaad een loser. Zie je dan niet dat die vent jou behandelt als oud vuil?'

'Ja, dat zal allemaal wel, Louise, maar ik kan me niet herinneren dat ik jou om je mening heb gevraagd.'

'Zeg, doe niet zo lullig. Trouwens, we hadden het helemaal niet over Maarten, we hadden het over Thomas en over *mij*!'

'Inderdaad, Louise. Ken je die uitdrukking van de beroemde schrijver Truman Capote? Die was net als jij helemaal in zijn nopjes met zichzelf. Alle conversaties draaiden altijd om zijn persoontje, alleen slechts heel af en toe zei hij: 'Oké, genoeg over mij, laten we het eens over jou hebben. Wat vind jij eigenlijk van mij?' Wel, Louise, jij en Truman zouden een mooi koppel vormen. Laat Thomas nu

maar over aan Nathalie. Ik denk dat zij wel iets beters weet om hem
te verleiden dan kniestoten uit te delen.'

'Dat neem je terug!' Louise liep vuurrood aan.

'Vergeet het maar, ik ben weg. Ik denk dat het beter is als ik een
tijdje terug bij Maarten ga wonen en jij je eigen boontjes leert dop-
pen. Bel me maar als Louis terug is. Ik mis mijn maatje. Hij dacht ook
alleen aan zichzelf, en zijn liefdesleven was ook een puinhoop, maar
in ieder geval viel hij mij niet altijd lastig om de rommel te komen
opruimen. Tot ziens, Louise, je zult je mannetje alleen ook wel staan.'
Bij dat laatste woord sloeg Charlotte de deur van het appartement
hard achter zich dicht. Wat Louise niet wist, was dat er op de gang al
een koffer klaar stond, die Charlotte die ochtend had gevuld met kleren en andere benodigdheden voor een paar weken. Veel had ze niet
nodig. Een aantal van haar bezittingen stonden immers nog altijd in
het huis van Maarten, bij wie ze tot een half jaar geleden nog woonde.
Charlotte wist dat ze voorlopig niets voor Louise kon doen, en dat ze
haar het beste maar een tijdje met rust kon laten. Wat Thomas betrof
was Charlotte ook niet echt een objectieve raadgever. Telkens als
Louise het over hem had, voelde ze een steekje van jaloezie in haar
buik. En dat sloeg natuurlijk nergens op, want tot nader orde viel
Charlotte nog steeds voor mannen, en Louise was een vrouw. Zou
Louis ooit terugkomen? Opeens besefte ze wat het voor Maarten
moest hebben betekend voor haar eeuwig en altijd tweede keus te
zijn. Zolang Louis er was, bleef Charlotte de hoop koesteren dat haar
flatgenoot haar ooit een keer zou opmerken, dat de vonk ooit zou
overspringen. Nu Louis van de aardbodem verdwenen was, moest
Charlotte de draad met Maarten opnemen. Al was het maar om te
zien hoeveel er van de liefde tussen haar en de baas van Radio Bavo
nog over was. Dat was ze Maarten wel verschuldigd. Een leeg gevoel
bekroop haar toen ze haar koffer de lift in duwde en met haar gsm
een taxi belde.

Beste lezer,

Sinds gisteren woon ik terug bij Maarten. Ik had gedacht dat dat van beide kanten een ferme aanpassing zou vergen, maar daarin heb ik me vergist. Het lijkt alsof ik nooit bij hem ben weggeweest, alsof al die maanden als flatgenoot bij Louis zijn weggeveegd. Het voelt goed om weer eens samen met een man in bed te slapen, een man die mij in zijn armen neemt, en mij lieve woordjes influistert. Maar het gevoel dat ik Louise in de steek heb gelaten, knaagt aan mij. Toch vind ik dat ik de juiste beslissing heb genomen. Tijdens de eerste weken van haar vrouwzijn heb ik Louise op de goede weg geholpen, maar nu is de tijd aangebroken dat ze haar eigen leven in handen neemt en haar eigen identiteit kneedt. Ik vermoed trouwens dat Thomas haar daar beter bij kan helpen dan ik.

Louise heeft nog altijd hoop dat ze weer man wordt, zodra de vloek van Eva, zijn wraakzuchtige one-night-stand, is uitgewerkt. Ik ben zelf een stuk pessimistischer. Eva zit immers nog altijd ergens in de brousse in Australië, en voor zover we weten kan zij de vloek – als het loeder het al zou willen – ook niet ongedaan maken.

Intussen heb ik mijn eigen problemen hier op het werk bij Radio Bavo. Maarten heeft een nieuwe presentatrice aangeworven, een soort verbeterde versie van mezelf, een paar jaar jonger, en met net iets langere benen en vollere lippen. De Lotje OSX-versie, zeg maar. Ja, ik kan er nog om lachen, zij het als een boer met kiespijn, want Maarten lijkt er alles aan te willen doen om mij onzeker te maken. Als straf voor het feit dat ik zes maanden lang bij Louis heb gewoond. Of voor het feit dat hij me vorige week in de Skybar heeft gespot in het gezelschap van Bruno? Ja, Bruno! Ik kon het zelf ook niet geloven toen hij mij belde en vroeg om af te spreken. Hij wilde naar eigen zeggen 'herinneringen ophalen aan onze gemeenschappelijke vriend Louis', omdat hij hem zo miste. Omdat ik Louis ook mis, en ook omdat ik nieuwsgierig was naar de ware reden van Bruno's toenadering (Bruno doet nooit of te nimmer iets zonder bijbedoelingen) ben ik op zijn uitnodiging ingegaan. Wat bleek? Bruno gelooft niet dat Louis in Canada zit, zelfs niet nadat mijn assistent Elvis een paar telefoontjes van Louis naar Bruno fakete door middel van een stemvervormer. Hij is niet op zijn achterhoofd gevallen, die Bruno. Ik ben benieuwd hoe lang Louise hem nog om de tuin kan blijven leiden. Maar goed, dat is niet langer mijn probleem. Maarten dacht dat Bruno en ik een 'date' hadden, en sindsdien gedraagt hij zich bijzonder jaloers. Eerst uitte hij dat door mij extra in de watten te leggen, maar toen hij mijn job erin begon te betrekken, dreigde het helemaal de verkeerde kant op te gaan. Opeens was het Evi voor en Evi na, en vond hij dat mijn radioprogramma, Het Hart op de Tong, gedateerd was en wel een opfrisbeurt kon gebruiken. Mijn presentatiestijl vond hij opeens niet origineel genoeg en 'het was ook wel eens tijd voor een evaluatiegesprek'. Jaja, het is niet te geloven. Jarenlang vond hij mijn improvisatiestijl geweldig goed, en nu mist hij plotseling structuur in mijn programma. 'Heb je al eens naar het programma van Evi geluisterd? Dat is echt klasseradio', gaf hij me laatst even tussen neus en lippen door mee. 'Het resultaat van goede voorbereiding', vond hij. Alsof iemand zich bij Radio Bavo daarmee bezighoudt. Een paar dagen geleden vroeg hij me vijf minuten voor de uitzending naar een uitdraai van mijn programmaformat! Nu vraag ik je. 'Hoe weet Elvis anders wat hij moet doen', vroeg hij. Dat Elvis en ik na jarenlange samenwerking perfect op elkaar zijn ingespeeld, vond hij geen argument. Maar sinds gisteren is de storm geluwd. Ik denk dat Maarten opgelucht is dat ik voor hem heb gekozen en dat ook aan de buitenwereld duidelijk maak door opnieuw bij hem in te trekken. Maar dat ik professioneel zo van hem afhankelijk ben, dat zit me toch niet lekker. Ik moet ook dringend iets verzinnen om Evi de loef af te steken, maar ik heb geen flauw idee hoe. Het liefst van al had ik nu Louise gebeld, om dit met haar te bespreken. Maar na onze ruzie gisteren is dat uitgesloten. Bovendien had ze toch niet geluisterd. Ach, een flinke meid is op haar toekomst voorbereid. Ik kom er zelf wel uit.

Oei, beste lezer, ik moet stoppen, want Maarten komt net thuis. En zo te ruiken is hij onderweg langs de Italiaanse traiteur geweest. Ach, de schat doet echt zijn best. Als hij daarvoor maar niets in ruil verwacht, want daarvoor is het water tussen ons echt nog te diep. Bovendien zwemt daar ergens in dat diepe water ook nog een haai met de naam Evi...

Uw toegenegen,

Charlotte

Hoofdstuk 20

'Wel godverdegodverdegodver!' Louise had zich in haar vingernagel gesneden toen ze een wortelsalade voor zichzelf bereidde. Het was de eerste keer in haar leven als vrouw dat ze voor zichzelf kookte. Als man trouwens ook, want Louis had zich de keren dat hij niet uit eten ging, tevreden gesteld met een thuismaaltijd van de supermarkt. En anders at hij ook mee met Charlotte en zorgde hij voor de wijn.

Louise had besloten om vanaf nu alleen nog maar op rauwkost en water te leven om het laagje vet er weer af te krijgen, dat zich nadat ze voor de eerste keer haar regels had gekregen en zich een beetje had laten gaan met allerhande *comfort food* rotsvast ter hoogte van haar dijen had genesteld. Meten is weten, dat was sinds kort haar motto: zo checkte ze elke ochtend voor het ontbijt haar gewicht op de weegschaal die op de gram nauwkeurig mat, en zo had ze ook haar borsten met een liniaal gemeten toen die tijdens haar menstruatie opeens tot belachelijke proporties waren gezwollen. Charlotte had daar toen keihard om moeten lachen. 'Hahaha, ik wed dat je zo ook je piemel hebt opgemeten toen je nog Louis was!'

Toegegeven, dat was inderdaad het geval geweest. Maar Louise beschouwde het meten en afwegen nu bijna als een wetenschappelijk project. Bovendien, als ze moest afgaan op de gesprekken tussen de vrouwelijke redactieleden, dan waren alle vrouwen enorm begaan met hun gewicht en hun borsten. En ze wilde nu eenmaal niet uit de toon vallen. Gelukkig waren haar borsten terug tot hun normale cup c geslonken, maar die vetrol was hardnekkig blijven zitten waar hij zat. Met een enorme zwachtel om haar vinger plofte Louise op de bank, de kom met wortelsalade strategisch gepositioneerd tussen haarzelf en de tv.

Ze zette het geluid wat harder. Het was wel erg stil in huis nu Charlotte terug bij Maarten was ingetrokken. Meteen na de ruzie had Louise al spijt gehad van haar kwetsende opmerkingen over Maarten. Ja, ze vond hem een idioot. Maar aan de andere kant, als hij Lotje gelukkig maakte, wie was zij dan om daarover een oordeel te vellen. En Charlotte had inderdaad wel veel met haar te stellen gehad. Louise kon erg veeleisend zijn, dat besefte ze zelf ook. Maar ze zat de laatste tijd ook zo slecht in haar vel, letterlijk en figuurlijk.

Terwijl ze op een stukje wortel knabbelde, nam Louise een beslissing. Of liever gezegd: ze nam er twee.

Eén: ze zou wat Thomas betreft de koe bij de horens vatten, hoewel die uitdrukking in dit geval een beetje ongelukkig gekozen was. Ze zou Thomas laten voelen dat hij haar iets deed, dat hij haar niet onberoerd liet. Ze zou zich deze keer niet meer door haar schizofrene zelf tegen laten houden. Ze was nu eenmaal een vrouw, en wie weet voor hoe lang nog. Daar kon ze zich maar beter bij neerleggen. Bovendien lag Nathalie op de loer.

Twee: ze zou iets aan haar overgewicht doen. Die *love handles* moesten eraf. Joggen was voorlopig geen optie, Louise was veel te bang dat ze in het park Charlotte tegen het lijf zou lopen, en die had haar duidelijk te verstaan gegeven dat ze Louise de eerstkomende tijd niet wilde zien. Ze zou haar vriendin laten zien dat ze het ook alleen af kon.

Louise smakte de schaal me rauwkost terug op tafel en pakte haar jas. Even later liep ze straat in, de hoek om. Een paar straten verder ging ze binnen bij het fitnesscenter, waar je volgens de affiche die aan de ruiten plakte 'in één week tijd tien centimeter vet rond je billen kwijtraakte'. Nadat ze zich had ingeschreven en een afspraak had gemaakt voor een infosessie, stond ze weer op straat. Mentaal voelde ze zich al kilo's lichter. Het was beginnen stortregenen en Louise haastte zich terug naar haar appartement, waar ze druipend nat aankwam.

Daar, voor de deur, trof ze tot haar verbazing Charlotte aan, die eruitzag als een verzopen katje, haar lange rode haar in natte strengen voor haar ogen. 'Hé Lotje!' Louise liep naar haar toe, de sleutel in haar hand. Pas toen zag ze dat ook Charlottes ogen nat waren, en niet van de regen. 'Het spijt me zo...'

'Maar meisje toch, jij hoeft je nergens voor te verontschuldigen, het was helemaal mijn fout. Ik heb nu eenmaal een grote mond, maar ik meende het helemaal niet zo. Kom snel binnen, dan maak ik een kop thee voor je.'

'Nee Louise, jij had gelijk.' Charlotte pakte Louise bij haar arm en keek haar aan. Haar ogen waren roodomrand.

'Maarten *is* een loser. Gisteravond heb ik in zijn bed een slipje gevonden dat absoluut niet van mij is.'

Vanuit haar ooghoeken zag Louise dezelfde weekendtas staan die Charlotte een paar dagen tevoren mee naar Maarten had gesleept.

'Ik had naar jou moeten luisteren. Wat ben ik toch een kip. En weet je wat nog het allerergste is? Hij heeft die trut mijn show aangeboden. Kun je dat geloven!? Vanaf volgende maand zal 'Het Hart op de Tong' worden gepresenteerd door Evi.'

Ze begon zo hard te huilen dat Louise, die vreesde dat de buren gealarmeerd zouden worden, Charlotte snel uit de gang naar binnen duwde.

Hoofdstuk 21

'Bruno, wat zeg het begrip *barteren* jou?'

Theo was het kantoor van Bruno binnen komen zwaaien, had zich een borrel ingeschonken, een stoel bijgetrokken, leunde voorover en stelde de vraag op samenzweerderige toon aan Bruno, die een en al oor was.

'Oh, da's een makkie, barteren is advertenties ruilen.' Bruno was opgelucht dat hij die vraag tenminste al goed had beantwoord. Hij had geprobeerd om goede maatjes te worden met Theo en dacht dat dat ook wel gelukt was, maar met zulke gladde kerels wist je maar nooit.

'Een tv-zender mag gratis in ons blad adverteren, en in ruil mogen wij gratis op hun zender adverteren. Zo werkt dat. Wij sturen een factuur naar hen, zij sturen een factuur naar ons voor precies hetzelfde bedrag. De ene factuur heft de andere op en iedereen wordt er beter van. Zij hebben reclame bij ons en wij bij hen. Het kost ons en hen niks. Wij geven ruimte, zij geven zendtijd. Win-win. Doen we de hele tijd. Met de kranten, de radio's, de zenders. Waarom?'

Theo floot bewonderend tussen de tanden.

'Ja, goed hoor, Fikkie, je bent een brave hond en je kent je lesje goed. Wat ik me afvraag: ruil je ook wel eens met bedrijven buiten de media? Of beter nog: geef je soms ook wel eens pagina's van *Don* in ruil voor persoonlijke zaken?' Theo grijnsde breed en gaf Bruno een vette knipoog.

Bruno kuchte wat verveeld en frunnikte een beetje aan zijn stropdas. Had Theo hem door? Was hij er achter gekomen dat Bruno vorig jaar de leveranciers van de badpakken en de bikini's voor de bikinispecial had laten betalen om hun bikini's te gebruiken? Het was een stiekeme deal die Bruno buiten het medeweten van Thomas, de stylist of de fotograaf had gemaakt. Hij kende een paar fabrikanten en importeurs van bikini's en had hen een deal voorgesteld: hij zorgde ervoor dat hun badpakken en bikini's gedragen werden door de BV-modellen voor de bikinispecial. Zo kregen ze veel aandacht in *Don* en kwamen hun bikini's ook nog eens voor op de grote reclameborden, krantenadvertenties en tv-commercials die rond de bikinispecial zouden gemaakt worden. *Product placement* noemden ze dat, en de bikinifabrikanten wilden maar al te graag betalen voor de *exposure* die ze op die manier kregen. Alleen: het geld dat ze betaalden ging niet naar *Don*, maar rechtstreeks in de zakken van Bruno. Vic en Anouk hadden nog nooit van *product placement* gehoord: die waren al lang blij dat ze niet moesten betalen voor de honderden badpakken en bikini's die mee naar zo'n fotoshoot werden genomen. Bovendien had Bruno er altijd voor gezorgd dat Vics dochter en zijn vrouw na de bikiniproductie een graai konden doen in de voorraad bikini's. En voor Anouk had hij ook altijd een paar setjes opzijgelegd. Meestal liet hij haar die bikini's dan op de redactie passen, 's avonds laat in zijn kantoor, als iedereen naar huis was. Een privéshow waar hij graag naar uitkeek. De twintigduizend euro die de fabrikanten wilden neertellen voor *product placement* werden door hen rechtstreeks en zonder vragen aan zijn persoonlijke vennootschap gestort. Was Theo hierachter gekomen? Kende hij iemand bij de fabrikanten? Had hij er lucht van gekregen toen hij bij de shoot aanwezig was in Thailand?

Bruno besloot om zich van de domme te houden. 'Wat bedoel je? Dat snap ik niet. Advertenties ruilen voor persoonlijke zaken?'

Theo boog zich nog wat dichter naar Bruno. 'Oké, dan heb ik voor jou een kanjer van een voorstel, kerel. Een maatje van me wil namelijk heel graag in *Don* adverteren. Hij bouwt een grote torenflat in Knokke en die flatjes moet hij aan de man zien te brengen. Het zijn ideale weekendverblijven en liefdesnestjes voor vlotte mannen met wat geld op overschot. Knokke. De zee. Het casino. Leuke cafés en dancings. Lekkere wijven. Dat is helemaal ons publiek, kerel, en daarom wil hij heel graag in *Don* adverteren. Alleen heeft mijn vriendje al zijn geld in de bouw van die flats geïnvesteerd. Driehonderd twintig appartementjes, het is ook niet niks. Hij heeft dus geen centjes meer over voor zijn promotie. En daarom stelt hij het volgende voor: als wij hem dit jaar in elk nummer van *Don* een dubbele pagina advertentie geven, dan krijgen jij en ik, *you and me, toi et moi*, kerel, elk een flatje. Casco afgewerkt, kat in het bakkie. Ofwel geniet je er zelf van met vrouw of maîtresse, ofwel verkoop je het over enkele jaren met een gigantische winst. Maar deze deal is alleen voor jou en mij, kerel. Verder mondje dicht. We moeten het wel nog even regelen met Anouk, want die ziet in de boekhouding natuurlijk dat er iets niet klopt. Wat denk je?'

Bruno zag een gebraden kip in zijn mond vliegen en moest niet lang nadenken.

'Theo. Vriend Theo, mag ik wel zeggen, zeker? Ik vind dat een dijk van een idee! Wat zeg ik? Het is de moeder van alle goede commerciële ideeën! Sterker nog, het is het soort van constructie waar wij Belgen altijd al het patent op hadden, maar waarvan ik nu besef dat de Nederlanders er duidelijk ook wat van kennen. Wanneer sluiten we de deal?'

Bruno lachte triomfantelijk en schonk zichzelf en Theo nog een glas in.

'Wacht, we moeten eerst zorgen dat we Anouk nog aan boord hijsen, kerel. En dat is jouw taak.'

'Maak je over Anouk maar niet ongerust', suste Bruno. 'Die heb ik in mijn binnenzak. Ik stel voor dat ik haar zeg dat ze het appartement twee weken per jaar gratis mag hebben, als beloning. Ze hoeft niet te weten dat wij de flats gewoon krijgen. We zeggen dat wij met ons drieën de flat elk twee weken mogen hebben. Als een soort van *time sharing*, maar dan gratis. Wat denk je? Laten we morgen heel vroeg, voor de rest op de redactie is, afspreken met Anouk, oké?'

Theo hield zijn glas op bij wijze van bevestiging. 'Dat lijkt me een prima idee, meneer de toekomstige eigenaar van een flat in Knokke.'

Bruno klokte in één teug zijn glas leeg en knipoogde naar Theo. Hij was eerst een beetje bang geweest voor de intrede van Theo in het bedrijf, maar nu bleek het een gouden zet te zijn geweest. Die kerel was zo mogelijk nog gladder dan hijzelf. Misschien moest hij Theo ook meteen maar vertellen over zijn privédeal voor Italiaanse merkkleding die hij met een importeur had afgesloten, waarbij de klerenkast van Bruno en Anouk in ruil voor een maandelijkse advertentie vol Gucci, Dolce & Gabbana en Versace hing. Hoewel, al stak je Theo in een pak van Armani, dan nog bleef het niet om aan te zien. Bruno keek Theo met een brede glimlach aan. Heerlijk! Nu nog Louise buiten bonjouren en hij had alles wat hij wilde.

Hoofdstuk 22

De volgende ochtend wandelde Kaat fluitend naar de redactie. Marie-Christine lag nog altijd op de sofa te slapen. Kaat had een ontbijtje voor haar achtergelaten, en thee in een thermos. Naast het ontbijtbordje had ze een briefje gelegd, met haar telefoonnummer en aanwijzingen over hoe Marie-Christine de weg naar de redactie kon vinden. Daar zou Kaat op haar wachten, en haar steunen bij haar confrontatie met Patrick. Kaat voelde zich strijdvaardiger dan ooit. Ze maakte een omweggetje langs een apotheek van wacht, en liep daarna rechtstreeks naar de redactie. Ze herinnerde zich hoe Marie-Christine haar de avond tevoren, toen ze samen ravioli hadden gegeten, had gezegd dat ze dringend naar het ziekenhuis moest, omdat ze steeds dikker werd. Kaat had een beetje bokkig geantwoord dat ze dat soort aangelegenheden de volgende ochtend maar samen met Patrick moest bespreken, waarna ze snel over iets anders begonnen was. Tot haar grote opluchting had Marie-Christine het onderwerp daarna laten liggen, en ook haar liefdesverdriet leek snel weg te ebben. Ze hadden gepraat over Afrika en over mode en muziek. En na de pasta had Kaat in de nachtwinkel nog tiramisu gehaald, die ze samen voor de tv hadden leeggelepeld. Ze had het eigenlijk best gezellig gevonden, zo samen met haar huisgenote, die bij het kijken van Kaats favoriete telenovelle *Sara* op de bank in slaap was gevallen, waarna Kaat haar schoenen had uitgedaan en een dekentje over Marie-Christine had gelegd. De lange vliegreis en de hele toestand op de redactie hadden de vrouw uitgeput. Geen wonder, in haar conditie! Kaat voelde met haar mee. Het had moed gevergd om in je eentje de vader van je kind na te reizen, naar een land waar je verder niemand kende. Als Patrick zijn verantwoordelijkheid niet opnam, dan zou Kaat haar helpen. Ze mocht Marie-Christine, een vrouw die ondanks haar problemen goedlachs en spontaan bleek. Zij en ik, dacht Kaat, kunnen het ook zonder vent af. *Sisters are doing it for themselves.*

Patrick arriveerde al om acht uur bij de receptie van *Don*. Nerveus informeerde hij bij Jana naar Marie-Christine.

'Je bedoelt die Afrikaanse vrouw die hier gisteren was?'

'Ja, inderdaad, die vrouw, Jana, hou je nu niet van de domme, hè?'

'Ik heb geen idee, Patrick, ik ben om vijf uur vertrokken. Toen zat ze nog altijd in de vergaderzaal. Misschien heeft ze het eerste het beste vliegtuig terug naar haar thuisland gepakt? Dat zou ik in ieder geval in haar plaats hebben gedaan.'

'Hoezo, wat bedoel je daarmee?'

'Ach kom, Patje, zo ga je toch niet met mensen om? Jij dacht zeker dat je ginder ongestraft je gang kon gaan. Arme Afrikaanse vrouwen het hoofd op hol brengen en dan snelsnel terug naar België vluchten. En dan hier op de redactie opscheppen over je veroveringen. Wel, boontje komt om zijn loontje.'

'Hee, als we daar Don Juan niet hebben!' Bruno, in een gloednieuw linnen pak en zijn haar in een staartje, flaneerde langs de receptie en dook het kantoor binnen dat Theo zichzelf sinds de Thailandreis had toebedeeld. Daar was Anouk vijf minuten tevoren ook al binnengeglipt. Jana vroeg zich af wat die twee te bekokstoven hadden, toen de telefoon rinkelde.

'Zeg, wat denken jullie wel van mij? Ik heb in Burkina Faso niets, maar dan ook niets...'

Maar Jana negeerde hem en liet haar kauwgumbel met een luide plof uiteenspatten voordat ze de hoorn van de haak nam. 'Uitgeverij Hercules, met Jana.'

Patrick haalde zijn schouders op en stoof meteen door naar de redactie, waar hij zijn mails doornam, op zoek naar de mail die hij had gekregen van Oncle Jean-Baptiste, de broer van Marie-Christine, en die hij de vorige dag ongeopend had gelaten. Had hij die wel bekeken, dan had hij geweten dat Marie-Christine op weg was naar België. Hij kon zich wel voor het hoofd slaan. Hopelijk stond er een telefoonnummer bij, zodat hij hem kon bellen. Misschien wist Jean-Baptiste waar zijn zuster uithing. Als er haar maar niks ergs was overkomen. Ze kende immers niemand in België. Zou ze een hotel hebben gevonden? Hij las de mail van Oncle Jean-Baptiste, maar helaas, er stond geen telefoonnummer. Hij begon aan een reply, waarin hij zijn Burkinese vriend opbiechtte dat zijn *petite soeur* spoorloos was, maar hij werd onderbroken door Kaat, die aan zijn bureau met een blauw doosje in haar hand stond te zwaaien.

'Goedemorgen, Patrick. Voor het geval je je afvraagt waar Marie-Christine is: ik kan je vertellen dat ze zeker niet uit liefdesverdriet voor jou van de brug is gesprongen. En ze is ook niet halsoverkop terug naar Ouagadougou gevlogen.'

'Kaat, als jij weet waar ze is, zeg het me dan! Ik heb hier gisteren tot tien uur 's avonds op haar gewacht, ze was opeens weg, terwijl ik op het internet naar telefoonnummers zocht van artsen die haar kunnen helpen.'

'Een dokter lijkt me een beetje voorbarig. Ik ben naar de apotheek van wacht geweest en heb dit voor jullie gekocht.' Kaat reikte hem het doosje aan. Hier, voor jou! De 9 euro 95 ben je me nog verschuldigd. Marie-Christine komt dadelijk naar de redactie. Dan kunnen jullie er samen aan beginnen. En ongeacht de uitslag van de test, Patrick, zou ik als ik jou was mijn verantwoordelijkheid opnemen. *Act like a man,* in plaats van zo'n beetje de hitsige koloniaal uit te hangen...'

'Huh, welke test. Waar heb je het over, Kaat. En is Marie-Christine vannacht bij jou thuis geweest? Had je mij dan niet even kunnen bellen? Ik was doodongerust. Helemaal gezien de toestand van haar gezondheid.'

Pas toen keek hij naar het doosje dat hij vast had. Perplex las hij het opschrift: 'Predictor, de meest betrouwbare zwangerschapstest'.

'Wat!! Denkt jij dat ik Marie-Christine zwanger heb gemaakt? Ben jij gek geworden?'

Opeens begreep hij het. De reactie van Bruno aan de telefoon, de opmerkingen van zijn collega's die ochtend...

'Is dat wat heel de redactie denkt? Dat Marie-Christine en ik... dat zij... en dat ik toen...'

Patrick wist niet meer waar hij het had.

'Kaat, luister, Marie-Christine is ernstig ziek. Daarom is ze naar België gekomen. Om medische hulp te zoeken voor haar schildklier-aandoening. Die maakt dat ze zo dik is en die wordt, als ze niet snel de juiste medische zorg krijgt, haar dood.'

Kaat, die haar vergissing inzag, werd vuurrood.

'Hè, dat meen je niet. Oh, sorry Patrick, ik wist niet... Ik dacht dat...'

Juist op dat moment kwam Jana samen met Marie-Christine de redactie binnen.

'*Bonjour chéris!*' begroette Marie-Christine de beide collega's. '*Bonjour Miss Large Lady!*', antwoordde Patrick blij en hij gaf haar een klinkende zoen op haar wang. Met een knipoog naar Kaat zei hij: 'Ik heb gehoord dat je bij mijn collega hebt gelogeerd, heb je lekker geslapen?'

'Fantastisch, ze heeft een zààààlig zachte sofa. En het was heel gezellig hè, Kaat? We zitten helemaal op dezelfde golflengte.'

Ze lachte breeduit en straalde. Het was bijna ondenkbaar dat deze vrouw zwaar ziek was, dacht Kaat.

Patrick gaf Marie-Christine een uitdraai met telefoonnummers van specialisten die hij de avond tevoren voor haar had opgezocht. 'We zullen ze een voor een bellen en zien wie je het best, en vooral het snelst, kan helpen. En ik denk, Kaatje', discreet duwde hij het blauwe doosje terug in haar hand, 'dat we dit niet echt nodig zullen hebben.'

Verlegen schoof Kaat de zwangerschapstest terug in haar handtas. Terwijl Patrick de telefoon nam en de eerste naam in het rijtje belde, sloeg Marie-Christine haar arm om Kaat heen. '*Et toi*, Kaat, heb jij lekker geslapen? Ik kan je niet genoeg bedanken voor je hartelijkheid en je gastvrijheid. Fijn hoor, dat er mensen in België zijn die zonder vooroordelen en zonder bijbedoelingen hun hart openstellen voor een mens in nood, ook als die zo zwart als roet ziet.'

Hierop kneep Marie-Christine Kaat even in haar bovenarm en ze begon te bulderen van het lachen.'

Kaat, die juist haar normale gezichtstint weer terug had, kleurde nu opnieuw pioenrood.

Hoofdstuk 23

In het fitnesscentrum stond een hele rij blinkende apparaten waar Louise door een hoogblonde dame met een figuur om door een ringetje te halen langs werd geleid. 'En dit is de *tonetank*, het pronkstuk van hightech, zeg maar de modernste versie van een zweethut. Tien minuutjes in de *tonetank* is gegarandeerd één centimeter minder vet op je dijen', lachte de medewerkster. Ze liepen verder naar de volgende machine, die eruit zag als een martelwerktuig uit een sciencefictionfilm. 'En hier hebben we de *muscle bank.*

'De mosselbank? Wat een rare naam voor een afslankingsapparaat', merkte Louise verbaasd op.

'Nee nee', corrigeerde de vrouw, de *muscle bank*, als in het Engelse woord voor spier. Deze bank zorgt ervoor dat je spieren verstevigd worden zonder dat je er een inspanning voor moet leveren. Het nieuwste van het nieuwste, getest door NASA en Pamela Anderson. 'Aha', zei Louise, 'met die referenties kan het niet anders dan goed zijn!' De vrouw had niets gemerkt van haar ironische ondertoon.

'Inderdaad, mevrouw, en als u zich in de kleedkamer even klaarmaakt, dan zorg ik ervoor dat u dadelijk aan de slag kunt.'

Louise trok zich terug in een ruimte waar gigantische spiegels de wanden bekleedden. Kritisch keek ze naar haar eigen lichaam. Was daar nu weer een vetrolletje bijgekomen, vroeg ze zich af.

Ze kleedde zich in een eenvoudige joggingbroek en een T-shirt. Op blote voeten liep ze terug naar de ruimte waar de machines stonden die haar van haar overtollige kilo zouden verlossen.

Ze zag dat de blonde vrouw net met een andere klant bezig was, en ging op de *muscle bank* zitten wachten. Geïntrigeerd bekeek Louise het met leder beklede stalen apparaat. Ze legde haar armen en benen op de daarvoor bedoelde plaatsen en legde haar hoofd op een steun. Toen drukte ze op de startknop. Het hele apparaat begon te schudden en te trillen, waarbij haar armen en benen afwisselend de hoogte in werden geduwd. Louise belandde bijna op de grond van schrik. Boos kwam de medewerkster aangebeend. 'Mevrouw, u had op zijn minst even kunnen wachten tot ik het u voor zou doen!'

Louise krabbelde overeind en zag hoe vanachter het moordlustige apparaat een bekende kop haar aangrijnsde. 'Hey, als dat onze hoofdredacteur niet is? Ook aan het trainen om deze zomer weer in je string te passen? Leuk, kom je straks gezellig bij mij in de *tonetank!*'

'Euh, dat denk ik niet Theo. Ik kom hier alleen maar om de boel uit te testen voor een reportage.'

'Oh, jammer dan, je weet niet wat je mist, hoor, dit is mijn wekelijks relaxuurtje. Zalig in die *tonetank*, effe terugkeren naar de baarmoeder.' Theo had zijn witte badjas uitgedaan en aan de blonde vrouw overhandigd. Het enige wat hij daaronder droeg was een paarse string waar zijn dikke pens overheen bungelde. 'Meissie, geef me effe een steuntje, wil je?' Hij greep de verbouwereerde medewerkster bij haar arm en klom onhandig in de blinkende machine. Daarbij keerde hij zijn billen naar Louise, die gegeneerd haar hoofd afwende.

'Oké, dat is een beeld dat de volgende dagen op mijn netvlies gebrand staat, bedankt, Theo', mompelde Louise. Ze had het hier eigenlijk wel gehad. Zo'n strak modepoppetje dat je probeert aan te praten dat je te dik bent, daar voelde ze zich eigenlijk te goed voor.

'Ik, euh, denk dat ik een andere keer terugkom', zei ze tegen niemand in het bijzonder, en pijlsnel dook ze de kleedkamer weer binnen. Wat deed ze hier eigenlijk. Als Louis had ze zich nooit zorgen gemaakt om een kilo meer of minder, en kijk nu!

Geheel gekleed haastte ze zich door de zaak. Bij wijze van groet stak ze haar hand op naar Theo, die vrolijk terugzwaaide vanuit zijn hightech zweethut. Met een zucht van opluchting trok Louise de deur achter zich dicht en spurtte de straat op. In haar haast liep ze bijna een voorbijganger omver.

'Louise, jij hier?' Voor haar stond Thomas in zijn donkerblauwe houtjetouwtje duffeljas. 'Oh, hee Thomas, dat is toevallig. Ik... euh...'

'Kijk kijk, als je het over de duvel hebt, dan trap je 'm op zijn staart! Thomas, heb jij toevallig nog wat kleingeld voor de parkeerautomaat?'

Nathalie kwam naast Thomas staan en stak haar arm bezitterig door de zijne. Ze gedroeg zich hoe langer hoe meer als zijn nieuwe vriendin, bedacht Louise met een steek van jaloezie. En Thomas, die liet het zich ogenschijnlijk allemaal welgevallen.

'Nathalie, jij ook al hier? Nog even en de hele *Don*-redactie is compleet. En dat op een vrije dag, ik...'

'En, ga je je geld terugvragen?' onderbrak Nathalie haar fijntjes.

'Wat bedoel je?' Louise keek haar argwanend aan.

'Ik zie dat je net bij de fitness bent geweest. Ik vroeg me gewoon af of het wel resultaat oplevert. Ik zie er eerlijk gezegd niet veel van. Of was het de eerste keer?'

Thomas haakte zijn arm los. 'Dat heeft Louise toch helemaal niet nodig? Waarom zou zij nu moeten afvallen. Er is vast een andere reden waarom ze daar was.'

'Klopt', zei Louise fel. 'Ik – euh – ik had een werkbespreking met Theo.'

'Hahaha, op zaterdag, in de fitness. Ik geloof er geen bal van.'

'Vraag het dan aan Theo zelf, die zit binnen in de *tonetank*', antwoordde Louise.

'Oké, dat zal ik doen', grinnikte Nathalie. Ze voegde de daad bij het woord en liet Thomas en Louise alleen buiten staan.

'Ik weet niet wat je aan het doen bent, maar je moet je niet gek laten maken door vrouwen als Nathalie. Jij ziet er fantastisch uit, helemaal perfect als je het mij vraagt.'

'Zeg, begin jij nu ook al? Ik heb toch gezegd dat ik hier voor mijn werk ben.'

Louise keek Thomas woedend aan.

'Allez, als je mij wil excuseren, ik ga ervandoor. Voor een vrije zaterdag heb ik nu wel genoeg collega's gezien.'

'Zie ik je dit weekend nog?' vroeg Thomas snel.

'Misschien, ik beloof niks. Doe de groeten aan Femke!' En weg was ze.

Even later stapte Nathalie terug buiten.

'En?' vroeg Thomas.

'En wat? Theo zat daar inderdaad', antwoordde Nathalie met een zuinig mondje. 'Niet bepaald een prettig gezicht.'

'Maar je realiseert je toch dat Louise de waarheid sprak?' vroeg Thomas, terwijl hij mijmerend keek hoe Louise in de massa shoppende mensen verdween.

'Jaja, 't is al goed. We gaan het nu toch niet de hele tijd over Louise hebben hè?'

Nathalie trok Thomas mee de andere richting uit. Oké, jij mag kiezen, bij welke schoenwinkel gaan we eerst binnen?'

Hoofdstuk 24

Kaats leven was in een paar dagen tijd drastisch veranderd. Sinds Marie-Christine bij haar was ingetrokken, waren de twee vrouwen onafscheidelijk. Kaat bood Marie-Christine onderdak en een luisterend oor, en ze begeleidde haar samen met Patrick bij haar ziekenhuisbezoeken. In ruil maakte Marie-Christine Kaats apartement gezellig, kookte voor haar, en gaf haar inspiratie bij haar stylings voor *Don*. Het vinden van een arts die Marie-Christine kon opereren bleek niet zo moeilijk. In het academisch ziekenhuis van hun eigen stad kon Marie-Christine terecht. Maar het feit dat ze niet over de nodige ziekteverzekering beschikte bleek een veel groter probleem.

Dokter Van den Begin had er een goed oog in. Volgens hem leed Marie-Christine aan de zeldzame ziekte van Hashimoto. 'Hashiwat?' had Patrick gevraagd. 'Een auto-immuunziekte waarbij de schildklier te traag werkt. Daardoor houdt de patiënt vocht vast en wordt dikker.'

Alle ogen waren op Marie-Christine gericht. In haar geval was er geen twijfel mogelijk. De Afrikaanse had een gezonde appetijt, maar haar eetlust was ook weer niet zo groot dat die haar omvang kon verklaren.

'De meeste patiënten worden ook snel moe, en ze krijgen een krop in de hals, het gevolg van een vergrote schildklier.'

Dat verklaarde de uitpuilende 'onderkin' van Marie-Christine. Ook het feit dat haar nieuwe huisgenote zoveel slaap nodig had, iets wat ze die eerste dag als teken van een prille zwangerschap had gezien, zag Kaat nu in een heel andere context.

'Bij heel ernstige gevallen is het operatief verwijderen van een deel van de schildklier noodzakelijk', vervolgde Dokter Van den Begin zijn betoog. Gelukkig bleek Marie-Christine volgens de arts geen operatie nodig te hebben. Ze kon behandeld worden met medicijnen en radioactief jodium. Maar die kostten geld, en dat was er niet. De familie van Marie-Christine was naar Burkinese normen niet bepaald onbemiddeld, maar deze medicijnen vielen zelfs naar westerse maatstaven in de categorie 'onbetaalbaar'. Het probleem was dat Marie-Christine de medicatie voor de rest van haar leven zou moeten nemen.

De avond na hun bezoek aan de arts zaten Kaat en Patrick in de Skybar. Marie-Christine was naar huis gegaan en aan het avondeten begonnen. Elke avond toverde ze de lekkerste gerechten uit de oven van Kaat, die zich enorm in de watten gelegd voelde en Marie-Christine overlaadde met complimenten. Daardoor aangemoedigd liet de Afrikaanse zich helemaal gaan in de keuken, met als resultaat een hele staalkaart uit de Burkinese cuisine. Deze avond zou Marie-Christine stoofpot met kip, kokos, okra, maïs en zoete aardappel maken, en daarbij een zogenaamde *gombo*saus volgens het geheime recept van haar eigen moeder. Bij de gedachte alleen al maakte Kaats maag een koprol van geluk.

'We moeten iets doen, Kaat, over tweeëneenhalve week loopt het visum van Marie-Christine af, en dan moet er een oplossing zijn.'

Kaat knikte en zweeg. De afgelopen dagen had ze haar hersenen al gepijnigd, maar ze kon gewoonweg geen manier bedenken waarmee ze Marie-Christine op de lange termijn konden blijven helpen. Zelf had ze al helemaal geen spaarcenten op de bank staan. En Patrick ook niet. Met wat ze bij *Don* verdienden, hielden ze nauwelijks genoeg over om hun rekening in de Skybar te vereffenen. Tot haar genoegen had Patrick gezegd dat hij deze keer zou betalen. Ze herinnerde zich haarscherp die keer dat ze op dezelfde plek hadden afgesproken, een paar weken geleden nu, en dat Patrick ongegeneerd exact de helft van de rekening op tafel had gelegd, verwachtend dat zij de andere helft zou bijbetalen. *Going Dutch* heette dat, maar het was volgens Kaat niet de meest romantische aanpak van een eerste date. Hij zou het nog wel eens leren, dacht ze, en ze keek haar collega vertederd aan. Eigenlijk was hij zo slecht nog niet. Hij had een grote mond, maar een heel klein hartje. Al die straffe verhalen over zijn zogenaamde wilde uitspattingen op reis, dat was niet meer dan een poging geweest om zichzelf een stoer imago aan te meten. Wat deden mannen toch veel moeite om de macho uit te hangen, terwijl vrouwen het juist fijn vinden als ze hun vrouwelijke kant durven te tonen. Aan de andere kant, zo bedacht ze, was het voor mannen ook niet simpel om de weg te vinden op planeet Venus, waar de bewoonsters allerlei boobytraps leken te hebben neergelegd voor de bezoekers van Mars. Een deur openhouden of de rekening betalen tijdens een afspraakje werd op prijs gesteld, maar je mannelijkheid te opzichtig etaleren werd dan weer afgekeurd. Kaat begreep dat planeet Venus voor Patrick voorlopig nog terra incognita was, en dat hij alleen haar aanwijzingen had om op af te gaan. Ze besloot hem een nieuwe kans te geven. Diep in haar hart moest ze toegeven dat ze opgelucht was toen ze zich realiseerde dat er tussen Patrick en Marie-Christine niet meer dan vriendschap was.

'Ik heb vannacht iets bedacht', onderbrak Patrick haar gemijmer. 'Ik heb toch een verhaal geschreven over die missverkiezing in Ouagadougou, en die reportage heeft Louise nu ingepland voor het volgende nummer van *Don*. Ze was trouwens helemaal enthousiast over het thema, over schoonheidsidealen en lichaamsgewicht. Hoe vrouwen in Afrika zich proberen vet te mesten, terwijl vrouwen hier altijd maar bezig zijn om te vermageren.'

'Ja, raar is dat, hè?' zei Kaat, opeens een en al oor. 'Het is ook nooit goed. Als we nu eens alle vrouwen van hier naar ginder sturen en omgekeerd! Zalig moet dat zijn, om te kunnen eten wat je wil, en om geen veroordelende opmerkingen van seksegenoten te krijgen.' Daarbij stuurde Kaat een venijnige blik in de richting van Anouk, die een tafeltje verder zat te smoespelen met Bruno.

'Misschien zit er zelfs wel een themanummer in!'

Enthousiast keek ze Patrick aan. *'Great minds think alike,* Kaat, want exact hetzelfde bedacht ik me dus vannacht. Louise heeft nog altijd geen covermateriaal, en de tijd dringt.'

'Maar daarmee is Marie-Christine nog altijd niet geholpen?'

'Nee, maar ze zou wel een ge-wél-dig covermodel zijn. En daar kan *Don* haar in ieder geval royaal voor belonen, niet?' Triomfantelijk keek hij Kaat aan. Oké, twintigduizend euro, zo'n bedrag kon alleen Naomi Campbell of Kate Moss vangen voor één fotoshoot, en zelfs om een tiende van dit bedrag zou Anouk, die de budgetten als een havik beheerde, eens heel hard lachen. Maar goed, alle beetjes zouden helpen, en het was in ieder geval een manier om de aandacht te vestigen op Marie-Christine en haar probleem.

Sterker nog, misschien konden ze er een soort van statement van maken.

'En wie weet vinden we zo ook nog een manier om geld in te zamelen voor het goede doel', opperde Patrick.

'Welk goede doel?' wilde Kaat weten.

'Hallo! Marie-Christine, natuurlijk!' Hij keek zijn collega aan alsof hij het warm water had uitgevonden. 'Denk eens na, wat een geweldige stunt het zou zijn. Met *Don* een actie op poten zetten om iemand uit Burkina Faso te helpen die – *mind you* – *te dik* is.'

'Jamaar, je zei net dat té dik niet bestaat. Dat schoonheid overal ter wereld anders wordt geïnterpreteerd.'

'Ja, natuurlijk', herstelde Patrick zich razendsnel. 'Dat is *is* ook zo, maar in het geval van Marie-Christine is dik zijn wel een medisch probleem. *Morbide obesitas,* zo noemde Van den Begin het. Ziekelijk dik zijn is iets helemaal anders dan mooi en mollig. Trouwens, als je mijn mening vraagt, ik heb liever een vrouw met wat 'beet', dan een luciferstokje. Ook hij knikte daarbij even in de richting van Anouk, die inmiddels in een steeds intiemere conversatie met Bruno betrokken leek. Likte hij nu aan haar oorlel, of vergiste Patrick zich. Hoe deed die gast dat toch?

Kaat voelde zich geflatteerd. 'Het wordt hoog tijd dat de Rubens-look bij ons weer opgang maakt', zei ze parmantig. 'Ik vind dat *Don* in deze nobele zaak een voorbeeldfunctie te vervullen heeft.'

'Je hebt groot gelijk', beaamde Patrick, die Kaat nog eens bijschonk uit de fles witte wijn die tussen hen in stond. 'Wat heb je trouwens aan bikini's als die niet goed gevuld worden door een paar lekkere tieten en een ferme kont?'

Kaat wist niet of ze zich door die laatste opmerking gevleid of beledigd moest voelen. Ze besloot het maar als een compliment op te vatten en hief haar wijnglas. 'Op een ingenieus plan'.

Patrick hief het zijne en zei: 'Op Marie-Christine. En op jou en mij.'

Ze besloten om niet te wachten en meteen naar Louise te gaan om het 'Maak-je-niet-dik' themanummer van *Don*, zoals ze het al snel hadden gedoopt, te bespreken.

Maar het bureau van Louise was leeg. Dan moest het wachten tot morgen. Bij de uitgang van het gebouw namen ze afscheid. 'Tot morgen, Patrick, enneh... bedankt voor de drankjes.'

'Graag gedaan, jij bedankt voor je steun aan Marie-Christine.'

'Ach, dat is toch niet meer dan normaal? Bovendien, ik vind haar super. Het is echt gezellig met haar thuis. Ik moet me trouwens haasten, want ze zal al wel klaar zijn met het eten.'

'Ah, kookt ze tegenwoordig voor jou? Is dat niet een beetje – euh – koloniaal?' Patrick knipoogde en gaf Kaat een duw.

'Hè, ach wat, jij!' Ze gaf hem een vriendschappelijke por terug. 'Zeg, ik begrijp dat frituur 'De Twee Puistjes' voor jou het toppunt van haute cuisine is, maar als je vanavond eens iets anders wil, dan ben je van harte welkom om samen met Marie-Christine en mij kip met kokos te komen eten.'

Ze bood Patrick haar arm aan, waar hij de zijne nét iets te gretig in haakte – maar dat was hem vergeven.

Hoofdstuk 25

Het had nogal wat voeten in aarde gehad om Louise zo ver te krijgen dat ze een nieuw themanummer rond schoonheidsidealen goedkeurde. Eigenlijk was Louise zelf meteen gewonnen voor een statement rond de zogenaamde 'perfecte maten' voor vrouwen, die volgens haar opgelegd werden door homoseksuele modeontwerpers met een ziekelijk gevoel voor esthetiek. Met veel plezier had ze Patricks verslag van de Miss-Large-Ladyverkiezing gelezen, en ze kon zelf zo'n tiental onderwerpen bedenken die in het verlengde daarvan lagen en die gegarandeerd voer voor pittige discussies zouden opleveren.

Alleen een dik model op de cover van *Don*, daar had ze haar bedenkingen bij. Of liever gezegd, daar zouden Vic en Theo zeker hun bezwaren tegen hebben.

'En dan is ze nog zwart ook. Als ik dat toesta, kan ik net zo goed nu al mijn ontslag indienen!'

Maar Kaat gaf niet op. 'Maar Louise, vind je nu zelf niet dat het tijd wordt dat we met *Don* het goede voorbeeld geven en het zelfvertrouwen van de Vlaamse vrouw opkrikken?'

Toch was het Patrick die het doorslaggevende argument aanbracht: 'Vertrouw gewoon op de recentste verkoopcijfers. Je hebt toch zelf gezien hoeveel succes het vorige themanummer had, welke meerverkoop we daarmee hebben gehaald, en daar stond nota bene een heks op de cover!'

Zonder Vic of Theo in te lichten had Louise het licht op groen gezet en was de hele redactie aan de slag getogen om het thema-nummer voor de deadline in elkaar te boksen en tijdig bij de drukker te krijgen. Alleen Bruno had schamper opgemerkt dat 'een dik wijf op de cover' de doodsteek voor *Don* betekende. Maar zelfs hij had zich door de sfeer van opwinding en vernieuwing mee laten slepen en liep die dagen goedgemutst door de redactie, overigens elke dag in een andere outfit. Iedereen vroeg zich af waar hij die van betaalde, maar niemand durfde het hem te vragen. En Louise had zo'n hekel aan Bruno, dat ze probeerde zo weinig mogelijk naar hem te kijken, waardoor zijn nieuwe en dure look haar totaal ontging.

Als laatste werd Marie-Christine zelf ingelicht. Kaat en Patrick wilden haar niet blij maken met een dode mus, en ze hadden gewacht tot alles in kannen en kruiken was, en de fotoset in de studio's van *Don* bij wijze van spreken klaar stond voor de covershoot.

'*Comment*? Ik als covermodel? Houden jullie mij voor de gek, *quoi*?' Marie-Christine had Kaat met ogen als schoteltjes aangekeken. 'Maar je bént toch model, in Burkina Faso ben je zelfs een supermodel. Je bent de winnares van Miss-Large-Lady, nota bene. Voor *Don* zou het een hele eer zijn als jij de cover zou willen sieren.'

'En ik zou me vereerd voelen als ik die foto mag maken', voegde Thomas eraan toe. Ze stonden in het modehok, waar Kaat de XL-outfits, die ze speciaal voor de komende shoot geshopt had, aan een ijzeren rek hing.

'Vooruit dan', had Marie-Christine geglimlacht. 'Dan voel ik mij ook vereerd. Laat eens zien wat je allemaal bij je hebt, Kaat.'

Een halfuurtje later hadden Kaat en Marie-Christine een outfit gekozen: een kanariegele jurk – geel was volgens Kaat het 'nieuwe zwart' – met een duizelingwekkend diep décolleté en een split tot aan de heupen. Hij stond Marie-Christine fantastisch. Maar ze had zo'n uitstraling, dat ze er zelfs in een vuilniszak nog ongelooflijk zou uitzien, vond Thomas. Kaat zette een cd van Billie Holiday op, terwijl Marie-Christine gemaquilleerd werd door de visagiste. Die smeerde heel het lichaam van Marie-Christine in met babyolie, waarop haar zwarte vel glansde als pasgeboend ebbenhout. Even later gaf Thomas Marie-Christine aanwijzingen bij het poseren.

De sfeer was zo relaxed en gemoedelijk, dat Kaat Thomas ook een paar foto's van zichzelf liet maken, iets wat ze anders nooit gedurfd zou hebben.

Tot het moment dat de nieuwe *Don* van de drukkerij kwam had de redactie tegenover Vic en Theo de lippen stijf op elkaar gehouden, uit angst dat als een van beiden erachter zou komen, de persen alsnog stopgezet zouden worden. Louise was bang geweest dat Bruno achter haar rug om met Theo zou praten – die twee zaten de laatste tijd trouwens zo vaak samen dat het bijna verdacht werd – maar Bruno leek de laatste tijd een beetje afwezig, en had constant en vage glimlach op zijn tronie, alsof hij de lotto had gewonnen en het niemand wilde zeggen.

En zo kwam het dat Vic op de dag dat Jana de nieuwe *Don* op zijn bureau legde, bijna een rolberoerte kreeg. Maar net toen hij de gang op rende om Louise ter verantwoording te roepen werd hij tegengehouden door Theo, die wild met de nieuwe *Don* zwaaide. 'Theo, luister, dit was echt niet mijn idee, ik weet hier niets...'

Maar Theo onderbrak hem: 'Vic, jongen, dit is het helemaal! Deze kant moeten we uit met *Don*. Vernieuwend, verrassend, spraakmakend, *Gefundenes Fressen*, als je het mij vraagt!'

Vic slikte zijn woorden in. 'Ah, vind je? Ach ja, ik dacht dat je het misschien niet helemaal *bon ton* zou vinden, een zwarte madame, en dan nog met een maatje meer... Maar ik ben het helemaal met je eens: het heeft een zekere *je ne sais quoi*.'

Theo, die zich afvroeg of sinds de komst van Marie-Christine Franse termen in de mode waren, sloeg een arm om Vic en fluisterde in zijn oor: 'Maar zeg eens, *cher ami*, weet jij of die mooie dame op de cover al een *amant* heeft? En heb je misschien haar telefoonnummer voor me?'

Het dubbeldikke 'Maak-je-niet-dik'-themanummer van *Don* sloeg in als een bom. Alle kranten prezen het lef van het mannenmaandblad om af te stappen van het klassieke '90-60-90' model op de cover en voluit te gaan voor een gevulde vrouw. 'Waarom? Omdat het dringend tijd wordt dat die bloedeloze anorexiamodellen het veld ruimen voor vrouwen van vlees en bloed. Van veel vlees en bloed. *Big is beautiful*', zo lichtte Theo, die zich nu ook als perswoordvoerder van *Don* opwierp, zijn standpunt toe aan eenieder die het maar wilde horen. Zo ook in het radioprogramma 'Het Hart op de Tong', dat Charlotte in navolging van de discussie die magazine *Don* had gelanceerd een maand lang had omgedoopt tot de 'Maak-je-niet-dik'-show. Het programma had er zoveel luisteraars bij gekregen, dat Maarten Charlotte tenslotte toch niet had durven vervangen door Evi.

Theo was ondertussen niet te stuiten. 'En Marie-Christine, ons covermodel, is ook niet de eerste de beste. Ze is op alle gebieden een zwaargewicht, want ze is intelligent, lief, mooi, vriendelijk, bescheiden, getalenteerd, sexy...'

'Euh, ja, tot zover de Nederlandse hoofdaandeelhouder van het mannenmaandblad *Don*', onderbrak Charlotte zijn spraakwaterval. 'En wat vindt de verantwoordelijke uitgever van *Don* er eigenlijk van?' Ze knikte naar Vic ten teken dat het zijn beurt was om in de microfoon te spreken die hij, Theo, Louise en Marie-Christine in de kleine studio van Radio Bavo deelden. Mede door die laatste was het studiootje opeens wel erg gevuld.

Vic schraapte zijn keel: 'Wel, Charlotte. Laat ik om te beginnen zeggen dat ik het fantastisch vind dat jij ons in je programma hebt uitgenodigd. En ik wil meteen ook even van de gelegenheid gebruik maken om te zeggen dat ik jou een geweldige radiopresentatrice vind. Zoveel beter dan dat jonge grut dat tegenwoordig op de radio het mooie weer denkt te maken.'

In de coulissen zat Maarten te knarsetanden.

Intussen wist Vic niet van ophouden: 'Ik hou van een radiostem waarin ervaring en matureiteit doorklinken, en dàt, Charlotte, is bij jou het geval. Ik luister al sinds jaar en dag naar je show. Ik word wakker met je stem en ik ga met je slapen... Ik...' En toen wist Vic niet meer wat hij moest zeggen, en ook Charlotte was helemaal de kluts kwijt. En zo kwam het dat er voor de allereerste keer een paar seconden radiostilte vielen in het programma van Charlotte De Wilde...

Beste lezer,

Na de hectische week die volgde op de lancering van de dubbeldikke Don ging het leven als vanouds zijn gangetje op de redactie. Bruno smeedde nieuwe plannen tegen Louise. Louise probeerde tevergeefs terug Louis te worden en worstelde met haar gevoelens voor Thomas, Vic werd gek van zijn vrouw Claudia, die uit verveling meer en meer op de redactie begon op te duiken, Marie-Christine en Kaat werden letterlijk en figuurlijk de dikste vriendinnen en Thomas raakte verstrikt in het liefdesweb dat Nathalie rond hem weefde, als een blonde vogelspin, een tarantula die haar mannetjesspin met huid en haar opvreet nadat ze hebben gepaard. En dat mag je bijna letterlijk nemen, want nadat Nathalie erin geslaagd was om Thomas in haar bed te lokken, maar ze tot haar grote schrik zag dat hij nog altijd hunkerde naar Louise, en Louise schoorvoetend aan Thomas had toegegeven dat ze wel iets voor hem voelde, haalde Nathalie de oudste truc uit het 'slechte vrouwenlisten'-boek uit de lade. Nathalie meldde Thomas dat ze zwanger was. Die arme Thomas wist niet waar hij het had. En Louise nog minder. Ik moet eerlijk zeggen dat ik die mededeling van Nathalie over haar zwangerschap van in het begin niet helemaal vertrouwde. Ik geloofde niet in een ongelukje en ik dacht dat ze zich opzettelijk had laten bezwangeren. Noem het vrouwelijke intuïtie of noem het gewoon maar wantrouwen in die blonde bitch, maar ik had toen dat voorgevoel moeten volgen. Al klopte dat ook niet helemaal. Dat heb ik niet gedaan en Thomas, de goedzak, besloot om het 'juiste' en het 'fatsoenlijke' te doen: hij zette Louise voorgoed uit zijn hoofd en probeerde zich een toekomst, inclusief huisje, beestje, boompje én baby, voor te stellen met Nathalie.

Louise van haar kant zag nu dat elke hoop op een relatie met Thomas vervlogen was en hield zichzelf voor dat ze hem dringend uit haar hoofd moest zetten en zich moest concentreren op het terugvinden van haar oude, mannelijke identiteit. 'Lotje, Louis moet terugkomen en dan is alles opgelost', zei ze die avond, toen we samen stevig doorzakten met een goeie fles wijn en een litertje roomijs na. 'Geen gezeur meer, geen ellende op de redactie met Bruno, geen liefdesellende met Thomas en God, lieve God, geen maandstonden, pms en hoge hakken meer!' Ik hoor het Louise nog zeggen. En ik maar knikken.

Tot ten huize Thomas en Nathalie de bom barstte. Thomas wilde voluit gaan voor zijn rol als nieuwe toekomstige papa en dus wilde hij mee met Nathalie naar de gyneacoloog om naar de echografie van hun kindje te kijken. Nathalie stond voor het blok en besefte ook wel dat ze het toneel niet langer kon rekken. Ze vertelde Thomas dat ze een misval had gehad, maar het hem niet durfde zeggen. Alweer een ziekelijke leugen, beste lezer, want nadien kwam natuurlijk uit dat ze gewoon helemaal nooit zwanger was geweest. Kun je je dat voorstellen? Iemand van wie je beweert te houden zo beliegen en bedriegen? Je zou dat mens toch echt een klap rond haar oren willen geven? Mijn bloed kookte zo toen ik dat hoorde dat ik er meteen een hele radio-uitzending over heb gemaakt: 'Vuile trucs van valse vrouwen'. Dat vond ik zelf eigenlijk wel een goeie. Hihi. Ik wist dat er tenminste één man geboeid naar mijn programma luisterde. En de wetenschap dat Vic mijn stem hoorde maakte dat ik vanbinnen een beetje warm werd. Maar bon, ik dwaal af. Thomas rende dus zo snel als zijn benen hem konden dragen terug naar Louise en dumpte – eindelijk! hoe suf kun je als vent zijn, zeg? – het loeder Nathalie. Maar wat er daarna gebeurde is iets wat ik zelf nooit voor mogelijk had gehouden. Maar dat kun je hierna zelf lezen.

Liefdevolle groeten van

Charlotte

Hoofdstuk 26

Louise zat op de rand van het bed en staarde voor zich uit. Ze zag wel, maar ze keek niet echt. De dingen die haar ogen registreerden – de vloer van de slaapkamer, het nachtkastje, het lampje, haar nylons op de vloer, haar jurkje daarnaast – het drong niet tot haar door. Ze bleef maar wezenloos voor zich uit staren. Een grote traan rolde over haar wang. Gek, want ze voelde zelfs niet dat ze huilde. Ze maakte geen geluid, haar lippen trilden niet, ze voelde eigenlijk geen emoties. En toch vloeide er een constante stroom tranen over haar gezicht. 'Ik lek', hield ze zichzelf voor. 'Ik huil niet. Mijn ogen lekken. Ik ben niet waterdicht. Foutje van de natuur. Net zoals ikzelf helemaal een foutje van de natuur ben. Een freak. Een wrange, cynische grap van God. Een romanfiguur uit een tweestuiversroman of een sukkel uit een soap. Het monster van de opera.' ·

Louise was hard voor zichzelf, maar ze vond dan ook dat ze het ver-diende. Ze had gisteren een prachtige dag met Thomas doorgebracht. Ze had toegegeven aan haar gevoelens voor hem en hij had haar in zijn armen genomen en gekust. Ze waren de stad in getrokken en hadden dingen gedaan die verliefden doen: ijsjes eten, hand in hand door het park lopen en gezellig slenteren door het hart van de oude stad. Ze waren voorbij een rommelmarkt gekomen en Thomas had voor haar een rode tweedehands baret gekocht. Al het gedoe van Thomas met Nathalie leek alweer ver weg. En aan haar oude identiteit als Louis dacht ze al helemaal niet meer. Het moet de gelukkigste dag uit haar leven zijn geweest. Ze hadden romantisch gedineerd bij een Italiaan en waren terug naar Thomas thuis gegaan – Femke was uit logeren bij een schoolvriendinnetje – waar hij nog maar eens *Perfect*

Day van Lou Reed had opgezet, als om te onderstrepen dat deze dag ook voor hem de perfectie benaderde. Toen hadden ze weer lang zitten zoenen op de bank en het had allemaal zo vertrouwd gevoeld. Zo veilig, zo juist.

Ze waren als vanzelf in de slaapkamer beland en Louise had zich gewillig laten uitkleden. En toen. Toen. Toen ging het niet. Ze was dichtgeklapt. Gesloten. Als een oester: onbereikbaar dicht, toe, *krik-krak* op slot. Eerst had Thomas nog gedacht dat ze een grapje uit-haalde, dat ze hem probeerde te plagen. Maar toen ze in een bolletje opgekruld met haar rug naar hem toe lag, als een foetus, en niet meer antwoordde, begreep hij dat er meer aan de hand was. Misschien had ze meer tijd nodig? Misschien had ze een slechte ervaring met een vent achter de rug en dook dat spookbeeld terug op? Wat er ook was, Thomas bleef geduldig, dekte Louise toe met een dekentje en verliet stil de kamer. Hij kleedde zich aan en trok de voordeur achter zich dicht. Hij liep de nacht in, zijn hoofd vol met vragen.

Boven in de slaapkamer werd Louise opgeschrikt door het dichtslaan van de voordeur. Ze veegde met de palm van haar hand haar tranen weg en vermande zich. Waarom werkte die Thomas toch altijd weer als een magneet op haar? Die gevoelens van liefde en verbondenheid waren nieuw voor Louise. Louis had vroeger ook wel eens gedacht dat hij verliefd was, maar hij was toen telkens tot de vaststelling gekomen dat hij liefde had verward met lust. Niet dat hij helemaal niks gaf om zijn veroveringen, maar vanaf het moment dat ze iets meer wilden of zelfs maar zwijmelend in zijn ogen keken, kapte Louis de relatie af. Hij vertelde altijd aan iedereen die het wilde horen dat hij een verstandelijke beslissing had genomen om niet emotioneel betrokken te worden. Als Louise er nu op terugkeek, kon ze dat totaal niet meer begrijpen. *Vrouwen hebben een reden nodig voor seks, mannen alleen een plaats*, was een gezegde over de verschil-len tussen de seksen en misschien klopte dat wel. Met dat verschil dan, dat Louise nu wel een goeie reden had om seks te hebben met Thomas, maar er door de psychologische barrière gewoon niet aan kon beginnen.

'Ze heeft een psychologische barrière die ze moet overwinnen', bedacht Thomas zich, terwijl hij met zijn armen over de leuning van de brug hing en naar de kringetjes in het water staarde die hij zelf veroorzaakte door kleine steentjes over de rand in de plomp te schoppen. Dat was het. Een psychologische barrière, en die kan alleen maar neergehaald worden door een psycholoog! Thomas dacht na. De relatie met Louise verliep niet zoals normale relaties zouden moeten verlopen. Het had hem bloed, zweet, tranen en een knietje in de ballen gekost om haar te veroveren. Intussen had hij ook nog de verschrikkelijke draak Nathalie moeten verslaan. En nu dit weer. De confrontatie met de psychologische problemen van Louise deed hem weer terugdenken aan de ellende die hij gehad had met zijn ex, Sofie. Met als orgelpunt die vreselijke poging tot zelfmoord, waarbij Sofie Femke wilde meesleuren in haar waanzin.

Alleen al bij de gedachte aan die periode voelde hij zijn maag samenkrimpen tot een bal. Maar dit, met Louise, was helemaal anders, dat voelde hij. Misschien moest hij gewoon terug naar huis gaan en haar proberen te overhalen in therapie te gaan. Of beter nog: hij zou voorstellen om samen in therapie te gaan, dan was de drempel voor haar niet zo hoog en zou ze zien dat hij ook zijn bijdrage wilde leveren. Het was niet bepaald iets wat hij juichend zou doorstaan, gezellig samen op de sofa bij de sekstherapeut, maar hij had het er graag voor over. Thomas strekte zijn rug en begon langzaam terug naar huis te lopen.

'Het zit 'm allemaal in mijn hoofd', dacht Louise terwijl ze in de de badkamer van Thomas het bad liet vollopen en er een straaltje lavendelolie bijgoot. Ik moet proberen me los te maken van het idee dat ik nog altijd Louis ben. Ik ben Louise! Misschien moet ik maar eens wat meditatieoefeningen doen, of yoga om wat meer tot mezelf te komen. Of *mindfulness*. Daar was de laatste tijd erg veel om te doen: boeddhistische oefeningen om meer bewust met je lichaam en je geest om te gaan. Dat was precies wat ze nodig had. Natuurlijk!' Louise liet zich in het bad zakken en voelde hoe het warme water en de heerlijke geur van de lavendelolie haar spieren helemaal ontspanden. Ze vond het helemaal geen gekke gedachte: 'haar lichaam en haar geest in harmonie brengen. Ja, dat was het: ze moest wat meer boeddhistisch worden, ze moest zich minder hechten aan haar oude status en meer in het nu, in het moment leven.'

Op dat moment stapte Thomas zachtjes de badkamer binnen.

'Ik heb eens nagedacht', begon hij voorzichtig, terwijl hij op de rand van het bad ging zitten.

'Misschien moeten we samen maar naar een therapeut stappen. Professionele hulp zoeken. Ik zeg 'samen' omdat ik vind dat we dit als een koppel met zijn tweetjes moeten doen. Ik zal vast ook wel fouten maken en dingen doen waardoor jij je niet op je gemak voelt, want in een relatie is er nooit eenrichtingsverkeer. Dus, wat denk je: zullen we vanaf morgen samen in therapie gaan?'

Louise keek Thomas met grote ogen aan. Ze vond het ongelooflijk dat Thomas al die moeite voor haar wilde doen. Dat hij samen naar een therapeut wilde gaan en nog een deel van de schuld op zich nam ook. Terwijl Louise maar al te goed wist dat alles haar fout was. Hoe kon het ook anders? Maar Louise wist ook maar al te goed dat een psychiater of een therapeut niks zou oplossen. Integendeel! Als ze haar geheim moest opbiechten aan een therapeut, zou die haar meteen gek laten verklaren en in een dwangbuis afvoeren naar een cel met zachte muren. En die arme Thomas dan! Die werd dan meegesleurd naar een therapeut die hem misschien ook nog wat afwijkingen zou aanpraten. Daar kon allemaal geen sprake van zijn. Dit moest hier en nu worden opgelost. Plots was het allemaal zo klaar als een klontje voor Louise. Ze had het nog nooit zo helder gezien! Ze hield haar adem in, liet haar hoofd onder water zakken en voelde het warme water zich boven haar sluiten. Haar oren liepen vol met water en even was de wereld in harmonie en stil. Voor enkele seconden nog, dacht ze, want wat ze nu zou doen, zou haar hele wereld – en zeker die van Thomas – helemaal op zijn kop zetten.

Toen ze haar hoofd terug boven water bracht en het water uit haar ogen wreef, zat Thomas nog altijd op de rand van het bad. Hij keek haar verwachtingsvol aan.

Louise glimlachte en pakte zijn hand: 'Ik moet je iets opbiechten, Thomas. Er is geen gemakkelijke manier om dit te vertellen en dat is ook de reden dat ik me niet eerder heb blootgegeven. Letterlijk en figuurlijk.'

En toen vertelde Louise haar verhaal. Het verhaal dat eigenlijk van Louis was. Ze vertelde alles, van in het prille begin, van de vloek van Eva, van het waanzinnige moment waarop hij wakker was geworden als vrouw. Het hele onwaarschijnlijke verhaal dat hem was overkomen. En terwijl ze het verhaal vertelde, onderbrak Thomas haar niet één keer. Wat redelijk opmerkelijk was, want zo'n bizarre geschiedenis schreeuwde om kreten van ongeloof en cynische opmerkingen. Eigenlijk kon Louise zelf nauwelijks geloven dat dit alles haar echt was overkomen. Het leek een rare droom, eentje die de dag nadien nog onbewust in je blijft sluimeren zodat heel je humeur erdoor bepaald wordt. Toen ze klaar was, durfde ze Thomas niet aan te kijken.

Louise liet wat extra warm water in het bad lopen, ze rilde van de kou, of van de spanning. Haar huid was verrimpeld. Thomas zat nog altijd op de badrand. Hij reageerde niet woest en liep niet weg. Hij keek alleen totaal verbijsterd. Het was alsof hij was aangereden door een truck, een trein en een 4 x 4 tegelijk en dat hij toch nog leefde. Het hele rare was, dat hij dit totaal van de pot gerukte verhaal nog geloofde ook. Hij overwoog een fractie van een seconde om op te staan, naar buiten te lopen en nooit meer om te zien. Na een tijdje doorbrak hij de stilte.

'Dat is een straf verhaal, Louise. Of moet ik Louis zeggen?'

Louise hoorde nu dat zijn stem trilde en dat hij dus toch niet zo kalm was als ze dacht.

'Het vreemde is, dat ik geneigd ben je te geloven. Hoe idioot dat ook is. Het enige alternatief is namelijk dat ik je niet geloof, maar dat zou ik je sito presto moeten laten opsluiten, omdat je dan rijp zou zijn voor een gekkenhuis.'

Thomas zuchtte diep, liet zijn hoofd op zijn borst zakken en keek naar zijn schoenen.

'Louise, je was een lelijke vent, maar nu ben je wel een geweldig sexy babe, moet ik zeggen.'

Thomas produceerde een flauwe glimlach en Louise zelf moest ook lachen. Ze voelden zich alletwee een beetje opgelaten met de situatie. Er was nog zo veel te zeggen, uit te leggen. Maar niet nu. Wat kon er op dit moment nog gezegd worden?

'Je begrijpt dat ik wat tijd nodig heb om dit te laten zakken?' zei Thomas voor hij een handdoek pakte en die omhoog hield, zodat Louise discreet uit het bad kon stappen.

'Bedoel je die handdoek of het rare nieuws dat ik je net heb verteld', antwoordde Louise gevat.

Thomas drapeerde de grote badhanddoek rond Louise en hield schroomvallig zijn ogen op de badkamermuur gericht.

'Dit is geen tijd voor flauwe grappen, Louise', zei Thomas en hij liep de kamer uit om zich beneden een glas in te schenken. Eerst had hij aan een witte wijn gedacht, maar toen hij beneden kwam, nam hij resoluut de fles whisky uit de bar en schonk zich een dubbele maat in. Pas toen merkte hij hoe hard zijn handen beefden. Hij was verliefd op Louis, drong het ineens tot hem door. Louis! Sterker nog: hij had Louis gekust en was net bijna met zijn oude vriend naar bed gegaan! Het leek alsof Louises verhaal pas nu helemaal tot hem doordrong. Louise is eigenlijk een vent! En toch ook weer niet! Thomas voelde zijn knieën slap worden en zijn hoofd tolde. Hij zakte kreunend achterover in de zetel en hield het koude whiskyglas tegen zijn voorhoofd ter afkoeling.

'Ik denk dat ik er ook wel een kan gebruiken', hoorde hij Louises stem achter zich. Louise had zich in zijn badjas gewikkeld en was naar beneden gekomen.

Ze zag er prachtig en puur en sexy uit en Thomas was even, een fractie van een seconde, weer alle ellende vergeten. Toen pakte hij een glas en schonk haar een dubbele maat in, waar ze meteen een grote teug van nam.

'Louise, ge zuipt als een vent', lachte Thomas zuinig.

Hoofdstuk 27

'Hee, psst, Kaat.'

Patrick stak zijn hoofd om de hoek van de dameswc's. Kaat, die net haar lippen stiftte, schrok zich een hoedje, waardoor een rode veeg naast haar mond terechtkwam. 'Hè, Patje, je laat me schrikken. Bedankt hè, kijk nu wat je gedaan hebt. Ik lijk wel de Joker! Wat is er?'

'Niks, ik wilde je gewoon even laten weten dat ik de samenwerking rond het themanummer echt supertof vond. En ook nog eens bedankt voor die avond bij jou thuis.'

'Oh, da's graag gedaan. 't Was gezellig hè? En lekker ook, die Marie-Christine is nogal een keukenprinses? Ik zal haar echt missen als ze morgen weg is....'

'Ja, 't is eigenlijk ook daarvoor dat ik je even apart wilde spreken.' Patrick stond nu in de dameswc's en plukte, terwijl hij met Kaat praatte voor de spiegel, aan zijn pinhaar dat hij met een overdosis gel recht overeind had gezet.

'Wel, omdat Marie-Christine morgen terug naar huis gaat, dacht ik vanavond bij wijze van afscheid een soort van Vlaamse avond voor haar te organiseren bij mij thuis. Met typisch Vlaamse gerechten, muziek van Vlaamse bodem, Vlaamse streekbieren...'

Kaat schoot in de lach. 'Bij jou? Vlaamse gerechten? Ik wist niet dat jij kon koken. Of ga je soms frieten halen bij de Twee Puistjes?'

'Geef me dan toch eens één keer het voordeel van de twijfel, Kaat Coucke.' Patrick keek oprecht beteuterd. 'Ik weet ook wel dat ik geen keukenprins ben, maar ik heb in al die jaren dat ik single ben en voor mezelf moet zorgen wel een paar dingen geleerd, hoor. Vertrouw maar op mij, ik beloof je dat je niet ziek zult worden van mijn kookkunsten.'

Kaat had al spijt van haar opmerking. Het was immers een super-idee, waarvan ze had gewild dat zij het had bedacht, temeer omdat Marie-Christine al bijna een maand lang als een moeder voor haar had gezorgd. 'Als je wil kom ik je wel helpen. Of zal ik iets meenemen?'

'Niet nodig, ik heb eigenlijk alles al in huis gehaald. Alleen houd ik het liever intiem en onder ons, dus ik zou het op prijs stellen als je niet de hele redactie inlicht.' Hij knipoogde naar Kaat en legde zijn vingers op haar mond. Impulsief pakte Kaat zijn vingers tussen haar pas gestifte lippen, waarna ze er even haar tanden inzette.

'Au!' Patrick trok zijn hand terug, bekeek met geveinsde paniek zijn vingers en hield die voor Kaats ogen. 'Hier, het bloedt! Oplikken, nu!'

'Wat hoort mijn oor? Spelen jullie sm-spelletjes? Mag ik meedoen?' In het hokje achter hen werd een wc doorgetrokken en het was Theo die naar buiten kwam, gevolgd door een kwalijk riekende gaswolk.

Kaat en Patrick staarden hem vol ongeloof aan. 'Wat doe jij hier in de damestoiletten', vroegen ze bijna simultaan.

'Nou, gewoon, effe in alle rust en stilte mijn behoefte doen. Het ruikt hier altijd een stuk aangenamer dan bij de venten.'

'Hè gatver', Kaat trok een vies gezicht. Ze pakte haar deodorant uit haar tas en begon als een gek in het rond te spuiten in een vergeefse poging de geur die Theo juist had geproduceerd te counteren.

'Maarreuh, die Vlaamse avond bij Patrick thuis, waar jullie het daarnet over hadden. Die zie ik ook wel zitten. Zoiets heeft nooit iemand ter ere van mij georganiseerd, terwijl ik strikt gesproken toch ook uit het buitenland kom.' Theo trok een overdreven zielig gezicht, waardoor Kaat medelijden kreeg met de vertegenwoordiger van de Nederlandse aandeelhouders. Zijn komst was inderdaad niet met veel toeters en bellen gevierd. Sterker, ze hadden hem bij *Don* allemaal een beetje beschouwd als een buitenstaander die de boel kwam runnen.

'Sorry Theo, daar hebben we inderdaad helemaal niet aan gedacht destijds...'

Achter Theo stond Patrick wild met zijn handen te zwaaien ten teken dat ze niet op zijn vraag moest ingaan.

'Maar je bent vanavond van harte welkom. Is acht uur oké?'

Patrick rolde met zijn ogen, maar Theo's gezicht klaarde spontaan op. 'Nou gezellig!' Hij draaide zich om naar Patrick, die zijn gezicht terug in de plooi probeerde te trekken, en grijnsde: 'Nou jongen, dat wordt dan een dubbeldate! Zeg eens, jij kent Marie-Christine een beetje beter dan ik. Waarmee denk je dat ik haar een plezier kan doen? En Kaat, schat, wat moet ik aan? Iets Vlaams of liever iets Afrikaans?'

Die avond luidde om acht uur stipt de bel van Patricks appartement. Patrick, die met een schort met twee grote borsten erop – een cadeautje van Kaat – in de keuken frieten stond te bakken, liet Kaat de deur open doen. En daar stond Theo, in een enorme blauw met wit gebatikte kaftan en een soort Ruud Gullit-rastapruik op zijn kale kop. In zijn ene hand had hij een groot boeket bloemen, en in zijn andere een bak Belgisch bier.

'Verrassing!' Hij glunderde van oor tot oor. Kaat nam de bloemen van hem over en zei: 'Wow, Theo, jij hebt je wel helemaal in stijl uitgedost. Ik vrees dat wij ons vergeleken bij jou nogal underdressed zullen voelen...'

Twee seconden later ging de bel opnieuw. 'Daar zal je Marie-Christine hebben', zei Kaat.

'Nee, wacht, Kaat, nog niet opendoen. Vind je dit er echt over? Misschien moet ik me snel omkleden in iets van Patrick.

'Nee joh, dit is juist fantastisch, Marie-Christine zal zich helemaal thuisvoelen, dankzij jou', lachte Kaat. Ze deed de deur open om Marie-Christine binnen te laten, die er flitsend uitzag in een spannende witte leren broek, een doorschijnende organza top en plateauzolen. Een beetje zoals die Amerikaanse soulzangeressen uit de jaren zeventig, vond Kaat.

'*Ah, ma chérie, comme je suis content de te voir!*' Theo schoof voor Kaat en greep de hand van Marie-Christine en drukte er een kus op.

Hun Afrikaanse vriendin schaterde het uit van plezier. 'Monsieur Theo, jij ook hier? En wat een schitterende outfit. Je kunt zo met mij mee naar Burkina Faso.'

'*Avec plaisir, mon chouchou, je viens avec toi.*' Hij keek haar verliefd aan, en Kaat schraapte even haar keel voordat ze hen uitnodigde om mee te komen naar de eetkamer, waar de tafel feestelijk gedekt stond met op elk van de vier borden een nogal originele interpretatie van tomaat garnaal. Voor het bord van Marie-Christine stond een ingelijste cover van *Don* met zijzelf als model met een roze strik eromheen. Een presentje van Kaat en Patrick.

Kaat zette de bos bloemen van Theo midden op de tafel, en Patrick schonk de glazen vol met schuimend bier. Uit de keuken kwam de geur van vers gebakken frieten.

'Voor we beginnen, wil ik graag een toast uitbrengen', zei Theo. Hij keek naar Marie-Christine die aan de overkant van de tafel zat te stralen. Ze zag er stukken beter uit sinds ze met de behandeling was begonnen. 'Ik wil klinken op de vrouw die ervoor heeft gezorgd dat *Don* de laatste maand zowat alle Vlaamse media heeft gehaald, en bovendien al 10000 exemplaren extra heeft verkocht. Iets wat uitgeverij Hercules echt dringend nodig had. Maar goed, ik wil het hier nu even niet over het werk hebben. Marie-Christine, jij hebt vanuit het warme Afrika de zon mee naar België gebracht. En daarom...' – hij haalde een klein, vierkant doosje vanonder zijn kaftan – '...heb ik een symbolisch cadeautje voor jou meegenomen. Iets wat net als jij, uit Afrika komt, en net zo schitterend en uniek is.' Marie-Christine nam het doosje aan en haalde er een ring met een uit de kluiten gewassen diamant uit. '*Mais enfin, Monsieur Theo, ca c'est vraiment...*'

'Wow, laat eens zien?' Kaat sprong uit haar stoel om Theo's cadeau van dichtbij te bekijken. 'Bedankt hè Theo, nu valt ons cadeau wel een beetje mager uit', mopperde Patrick. Maar Marie-Christine keek hen allemaal ontroerd aan. 'Ik vind jullie allemaal geweldige mensen, ik weet gewoon niet hoe jullie te bedanken.'

'Nou, ik kan wel wat verzinnen hoor', bulderlachte Theo smakelijk, terwijl hij Patrick een mannen-onder-elkaar por in zijn ribben gaf.

En zo ging het Vlaamse avondje in een sfeer van vriendschap en verbroedering en ook wel een beetje geflirt van de kant van Theo, over in een Vlaamse nacht, met schlagers van Laura Lynn en Helmut Lotti op de achtergrond en graanjenever als digestief. Tegen het einde dansten Theo en Marie-Christine een slow op *Ik heb je duizend maal bedrogen*, terwijl Kaat Patrick hielp met de afwas.

'Je hebt me verbaasd, Patrick Maes. Het eten was geweldig lekker, echt waar.'

'Vond je?' Patrick glunderde, en legde het laatste bord in het droogrek. 'Wil je me even helpen, Kaat?' Hij draaide zijn rug naar haar toe, en zij bevrijdde hem uit het 'borstenschort'.

'Ik, euh, ik had eigenlijk ook nog een cadeautje voor jou, maar ik durfde het niet te geven waar de anderen bij waren', zei Kaat.

'Ah, is dat zo? Je maakt me wel nieuwsgierig.'

Kaat pakte haar tas en haalde er een grote envelop uit. 'Hier. Als je belooft dat je me niet uitlacht. Alsjeblieft!'

Patrick scheurde de envelop open en haalde er een grote afdruk van een foto van Kaat in pikante lingerie uit.

'Die heeft Thomas van mij gemaakt toen we de shoot met Marie-Christine deden. 'Vind je het er niet over?' vroeg ze onzeker.

'Weet je wat ik vind?' fluisterde Patrick hees in haar oor en hij trok Kaat dicht tegen zich aan. 'Ik vind jou de meest sexy vrouw die er op deze aarde rondloopt.' Daarna kuste hij haar hartstochtelijk op haar mond.

Beste lezer,

Ik ben verliefd!! Ik, Charlotte, de vrouw met wie het nooit meer iets zou worden in de liefde... jawel! Sinds een paar dagen heb ik kriebels in mijn buik, vlinders in mijn hoofd, slapeloze nachten... En dat komt door Vic, de baas van Louise. Ongelooflijk eigenlijk, hoe je zo lang zo dichtbij de man van je dromen kan leven zonder hem tegen het lijf te lopen. Niet dat dat overigens veel zin had gehad in ons geval, want Vic was tot voor kort gewoon getrouwd. Met Claudia, één van de hoofdaandeelhouders van Don. Weliswaar niet bijzonder gelukkig getrouwd, maar desalniettemin getrouwd. En van getrouwde mannen blijf ik af, want dat geeft niets dan miserie. Kijk maar naar Anouk en 'haar' Bruno. Het was trouwens Claudia die haar huwelijk met Vic heeft opgeblazen door iets met Theo te beginnen, waarop Vic zijn koffers heeft gepakt. En ik heb hem, gastvrij als ik ben, onderdak geboden in de loft. Dik tegen de zin van Louise in, natuurlijk, want die is bijna panisch dat Vic er nu achter zal komen wie ze in werkelijkheid is. Ik denk eerlijk gezegd niet dat het zo'n vaart zal lopen, want Vic is momenteel maar in één ding geïnteresseerd, namelijk in mij. En we hebben het zàlig samen. Als twee verliefde pubers maken we uitstapjes in Gent en spelen we toeristje in eigen stad. We spijbelen samen overdag, en knijpen er stiekem tussenuit voor een boottochtje op de Leie, een fietsuitstapje naar Sint-Martens Latem, of om samen naar de sauna te gaan of taartjes te eten. 's Avonds kook ik voor Vic en in ruil daarvoor krijg ik urenlange massages. Louise vindt ons, geloof ik, nogal melig, maar ze is ook blij voor me. In ieder geval is ze opgelucht dat Maarten van de baan is. Maarten, tja Maarten... Het spreekwoord 'uit het oog uit het hart' houdt wel degelijk steek. Het helpt dat Maarten letterlijk uit het oog is. Toen hij eindelijk inzag dat Evy echt niet uit het juiste hout gesneden is om mij als radiopresentatrice te vervangen, en hij ook op de dingen die ze kennelijk wél goed kan, uitgekeken was, is Maarten op sab-batical vertrokken. Naar het Oosten, op zoek naar zichzelf, of misschien naar de Dalai Lama. Kan mij het wat schelen? Exit Maarten. Ik begrijp niet wat ik dààr ooit in heb gezien. Hij komt nog niet aan de enkels van

Vic. Ik hoop slechts één ding: dat ik voor Vic geen bevlieging ben en dat wat wij delen voor hem meer is dan een overgangsrelatie na een huwelijk van meer dan twintig jaar...

Uw hoopvolle Charlotte

Hoofdstuk 28

Na de avond bij Patrick thuis was Theo er helemaal van overtuigd dat het zijn opdracht in dit leven was Marie-Christine gelukkig te maken. Hij voelde gewoon dat hij deze prachtige vrouw uit Burkina Faso moest helpen. Vroeger had Theo zich nooit echt veel bekommerd om het welzijn van zijn medemens. En dat was nog zacht uitgedrukt. Theo schepte er eerlijk gezegd plezier in iemand anders het geld uit de zakken te kloppen. Hij ging ervan uit dat mensen bedrogen en bedot willen worden en dat hij met alle plezier aan die vraag kon voldoen. Hij genoot er van om domme en dwaze mensen stroop aan de baard te smeren en in te spelen op hun ijdelheid, om vervolgens op het einde van de dag met het contract op zak naar huis te rijden. De deal die hij met *Knokke Development* had gesloten was er ook zo een: zij hadden reclame nodig in een blad voor jonge yups en hij kon altijd wel een appartementje aan zee gebruiken. De naïeveling in dit verhaal was uiteraard Vic, die er geen idee van had dat hij genaaid werd door zijn nieuwe compagnon. Het leuke was dat de twee facturen – die van *Knokke Development* voor de flats en die van *Don* voor de advertentieruimte – tegen elkaar wegvielen, zodat er geen spoor van overbleef in de jaarrekening. Alleen wie met een vergrootglas ging zoeken tussen de facturen zou iets terugvinden. En daarvoor had hij Anouk nodig. Maar die ochtend was Theo vastberaden om één keer in zijn leven het goede te doen. Om eens een keertje niet voor zijn eigen profijt te kiezen, maar om iets te doen voor de goddelijke vrouw, Marie-Christine, die zijn hart had gestolen. En dat had hij gedaan, omdat ze de eerste vrouw was die helemaal niks van hem wilde. Ze vroeg geen geld of geen gunsten, ze wilde geen luxe en smeekte niet om aandacht. Ze vroeg helemaal niks en gaf alleen maar zelf. Ze gaf haar gulle lach en haar opgewektheid en ze maakte Theo helemaal vrolijk en blij. Hij voelde zich een nieuwe man, een betere mens ook. En daarvoor wilde hij iets terugdoen.

En zo kwam het dat Theo 's ochtends vroeg een noodvergadering had belegd met Anouk en Bruno om over het appartementenverhaal te spreken. Bruno kwam handenwrijvend binnen en begroette Theo en Anouk met een vriendschappelijke klop op de schouders.

'Theo, vriend. Lieve Anouk. Laat ons dit varkentje eens gezamenlijk wassen, zodat we wat vaker in Knokke op vakantie kunnen gaan.'

Theo schraapte zijn keel en stak van wal.

'Er is een kleine verandering in het plan, jongens. Ik heb eens nagedacht en ik vind het op zich toch immoreel om met deze deal door te gaan. Het is tenslotte toch geld dat de uitgeverij toebehoort en dat we zomaar in de schoot geworpen krijgen.'

Bruno voelde nattigheid en haastte zich om Theo in de rede te vallen. 'Theo, Theo! Maat! Vriend! Laat ons toch niet te hard van stapel lopen! Het gaat hier om veel geld!'

'Veel geld?' Nu kwam Anouk tussenbeide. Het gaat toch niet om zoveel geld? We hebben het over een time-share van twee weken in Knokke?'

Theo keek naar Bruno en die draaide met zijn ogen.

Nu zag Theo zijn kans schoon.

'Twee weken? Time share? Heeft Bruno dat verteld? Nee hoor. We hebben het hier over twee appartementen in naakte eigendom! Omdat ze bij het bouwbedrijf in nood zitten en dringend advertentieruimte nodig hebben om die flats te verkopen, kunnen we een gouden ruil doen: zij krijgen advertentieruimte in *Don* en wij krijgen de appartementen. Is dat een gouden deal of niet? '

Anouk wierp een giftige blik naar Bruno. 'Dat heeft hij helemaal niet verteld!' Theo ging rustig verder, terwijl Bruno verongelijkt zijn schouders ophaalde.

'Nee, Bruno, ik vind het immoreel dat je die appartementjes

zelf wil houden, eigenlijk kan dat gewoon niet. Maar dat is ook niet de echte reden waarom we hier samenzitten. Ik heb namelijk mijn contacten in de wereld van lingerie- en badpakkenfabrikanten eens aangesproken, en die vertelden dat ze heel tevreden zijn over de samenwerking met *Don*.'

Bruno wist niet of hij moest glimlachen of dat hij zich zorgen moest beginnen maken, want het toontje dat Theo aansloeg beviel hem allerminst.

'En weet je wat, Bruno? Ze wisten me te vertellen dat ze blij zijn met de *product placement-deal* die jij met hen hebt gesloten. Toen werd ik nieuwsgierig naar de cijfertjes van die deal en dus heb ik aan Anouk gevraagd om eens in de boekhouding te kijken over hoeveel geld het precies ging. Eh, Anouk, help me nog eens: hoeveel facturen heb je teruggevonden en over hoeveel geld ging het?'

Anouk keek naar Theo en keek pro forma even in haar agenda. 'Oh, ik heb het hier voor je opgeschreven, Theo. Eens kijken. Het gaat om geen enkele factuur ter waarde van precies nul euro.'

Bruno begon nu de kleur van een onrijpe avocado te krijgen en stamelde dat hij het allemaal kon uitleggen, maar Theo onderbrak hem meteen.

'En dus, Bruno, vriend. Dus heb ik even rondgebeld en uit mijn telefoontjes bleek dat jij de afgelopen vier jaar elk jaar twintigduizend euro hebt scheefgeslagen.'

Bruno keek met een wanhopig gezicht naar Theo en naar Anouk. Hij zat klem, als een rat in een val.

'Maar, Bruno, ik wil deze zaak niet op de spits drijven. Ik zou niet willen dat dit bedrijf het zonder jouw expertise zou moeten stellen. Dus is dit mijn voorstel: omdat je zo onfatsoenlijk tegen Anouk hebt gelogen over die zogenaamde time-share in Knokke, vind ik dat je voor haar een mooie handtas van laat ons zeggen...'

'Delvaux!' zei Anouk gedecideerd van aan de andere kant van de kamer.

'Delvaux, goed idee', ging Theo verder. Een handtas van Delvaux dus voor Anouk. En de twintigduizend euro die je dit jaar voor de bikinispecial hebt gevangen, daar gaan we iets anders mee doen.'

'Maar, Theo! Dat is...' Bruno probeerde zich nog te verdedigen, maar wist dat hij aan het kortste eind trok. Theo en Anouk hadden hem in de tang en hij kon geen kant meer uit.

Theo en Anouk stapten tien minuten later lachend en grapjes makend uit de vergaderzaal. Bruno volgde achter hen als een geslagen hond: met afhangende schouders en een trieste blik van een kindje van wie ze net de snoep hadden afgepakt.

Beste lezers,

Het was lang geleden dat de redactie nog een reden had gehad om een feestje te bouwen, maar de verkoopcijfers van de dubbeldikke Don hadden de stoutste verwachtingen van Vic overtroffen. Hij en Louise hadden beslist dat dit gevierd moest worden, en Theo had de Skybar afgehuurd, waar hij zijn populariteit mateloos verhoogde door een vat aan te bieden, en door in een speech aan te kondigen dat Hercules vanaf nu ook een eigen goed doel zou steunen. Theo was op de bar geklommen en had vol trots meegedeeld dat de uitgeverij dankzij een lucratieve vastgoeddeal achthonderdduizend euro vrij zou maken voor de bouw van een ziekenhuis in Burkina Faso, waar patiënten als Marie-Christine in de toekomst terecht zouden kunnen. Theo had dit helemaal niet overlegd met Vic. Die werd er helemaal onwel van, zodat ik hem naar bracht, in de frisse lucht. Vic transpireerde heftig en vroeg me herhaaldelijk of hij het wel goed had gehoord: had Theo echt acht-honderdduizend euro weggegeven aan Burkina Faso? Geen achtduizend of tachtigduizend? Ik heb hem verzekerd dat het werkelijk om achthonderd-duizend euro ging en dat ik enorm trots op hem was, en op zijn bedrijf dat dit wonder had mogelijk gemaakt. Vic moest een paar keer naar adem happen. Ik begreep het ook wel. De afgelopen weken had hij veel emoties moeten verwerken. En telkens had Theo daar de hand in gehad. Hij had niet alleen een verhouding gehad met Claudia, maar nu was -na 25 jaar !- ook plots uitgekomen dat niet Vic, maar Theo de biologische vader was van Nathalie. Alsof dat nog niet erg genoeg was had die smeerlap van een Theo het verhaal ook nog eens triomfantelijk aan Nathalie verteld, die uiteraard totaal van de kaart was door dat nieuws. Nu is Nathalie zeker niet mijn beste vriendin, maar ik had toen toch ook veel medelijden met het arme schaap. Vic had de hersenen van Theo wel kunnen inslaan, dat kan je begrijpen. Het leek er de laatste tijd op dat het stof van heel die affaire wat was gaan liggen, en net nu hangt Theo dus de Sinterklaas uit door achthonderdduizend euro van het bedrijf te schenken aan een goed doel. Ik vond het een edelmoedig gebaar, maar toen Vic buiten uitgehijgd was, deelde hij zijn twijfels met me. Hij denkt dat die Theo iedereen maar wat op de mouw spelt en dat die arme Marie-Christine geen halve euro van al dat geld gaat zien. 'Maar ik zal er persoonlijk op toezien dat het geld goed terecht komt en niet in de zakken van die ballonnekeskop verdwijnt', verzekerde Vic me. We waren juist op tijd terug binnen om te zien hoe Theo Marie-Christine bij zich riep en haar ook nog eens een enveloppe overhandigde met twintigduizend euro cash geld dat – zo werd gefluisterd – uit de zwarte kas van Hercules kwam. Vic begon weer heftig te zweten, maar werd afgeleid door de klapzoen die ik hem gaf. Schitterend toch, deze actie! Het geld was bestemd voor de medicatie voor Marie-Christine en de onmiddellijke dringende medische hulp in Ouaga-dougou, voor het nieuwe ziekenhuis af was. Ik moet hier eerlijk bijvertellen dat Bruno toch heel erg groen lachte toen Theo haar de enveloppe overhan-digde en Marie-Christine de hele redactie geëmotioneerd bedankte voor het geld dat ze had gekregen en vooral ook voor het warme onthaal dat haar hier te beurt was gevallen. Miss Large Lady had daarop ook extra large tranen geplengd, waarop Theo haar in zijn armen had gesloten en iedereen in de bar stiekem een traantje wegpinkte. Zelfs Vic hield het niet droog en ook Bruno stond eenzaam in een hoekje te snotteren. Al kon ik me in zijn geval niet van de indruk ontdoen dat hij daar heel andere redenen voor had...

Groetjes van een emotionele Charlotte

Hoofdstuk 29

Die avond zaten Thomas en Louise te dineren bij hun favoriete Italiaan, *Il Metamorfoso,* in de binnenstad, aan het water. Maar nu was het te koud om buiten op het terras aan de waterkant te zitten. Thomas had het tafeltje gevraagd dat het verste in de hoek stond en hen genoeg privacy zou garanderen.

'*A si, cierto!* Het *aanhouerij-tafeltje*', had Gianfranco geantwoord, er gelijk een vette knipoog aan toevoegend. 'Iz e goed tafeltje voor de *foefelaré* en de romantiek.' Het Italiaanse accent dat Gianfranco in zijn restaurant hanteerde was overigens volledig nep. Hij kwam niet eens uit Italië, maar was een vierde generatie Turk met een mercantiele geest. Hij heette ook niet Gianfranco maar gewoon Bedir Gülmüz. Alleen bekte dat niet zo goed. Bedir had nog samen met Louis op het college gezeten en had toen zijn Italiaanse act ook al met succes bovengehaald, als Louis en hij meiden gingen versieren. Het was de tijd van de Godfatherfilms en de truc van Bedir werkte als een ware *babe*magneet. Louis had meteen de voordelen van de Italiaanse aanpak ingezien en was zichzelf – toen Bedir zich Gianfranco ging noemen – beginnen voorstellen als Luigi, zijn Siciliaanse neef. Na hun jaren aan het college was Bedir/Gianfranco naar de unief gegaan en was hij master in de toegepaste economische wetenschappen geworden. Daarna had hij dit chique Italiaanse restaurant geopend. Louis kwam hier nog vaak over de vloer en die avonden eindigden steevast met de patron die na de service mee aan tafel schoof, een fles goeie grappa bovenhaalde en herinneringen ophaalde aan hun avonturen samen, toen ze nog jong waren en het varken uithingen. 'Hij moest eens weten', bedacht Louise zich, terwijl Gianfranco galant haar stoel onder haar derrière schoof en daarbij een bewonderende blik op haar benen niet achterwege kon laten.

'Grazie, signore', zei ze met een monkellachje.

'Prego, prego', hijgde Gianfranco in haar oor.

Toen ze de bestelling hadden doorgegeven en Gianfranco hen een glaasje prosecco had gebracht, klonken Louise en Thomas op hun toekomst, en ze keken elkaar daarbij recht in de ogen.

'Als je niet in elkaars ogen kijkt, heb je anders zeven jaar slechte seks', wist Louise te melden. Het was een dooddoener die ze vroeger wel vaker gebruikte.

'Mm, dan heb ik zeven jaar geleden een keertje heel slecht geklonken', antwoordde Thomas lachend. 'Want in die sector heb ik de laatste jaren niet echt veel geluk...'

Het was inmiddels twee dagen geleden dat Louise haar grote geheim had opgebiecht aan Thomas. In tussentijd hadden ze elkaar nog maar één keer gezien, toen Louise na het werk bij Thomas was binnenwipt om Femke op te halen. Ze had haar beloofd om samen te gaan shoppen. Femke moest dringend een nieuw badpak hebben voor de zwemlessen op school omdat ze sinds de zomer een groeispurt had gehad en inmiddels bijna uit haar badpakje barstte.

'Dat zal ik wel met haar halen', had Louise meteen gezegd toen Thomas het haar op de redactie had verteld. 'Badpakken en bikini's kopen, dat is niks voor venten. Ik heb, nu de zomer in aantocht is, trouwens zelf dringend een badpak nodig.'

Het was een van die dingen waar Charlotte nog niet aan gedacht had, de laatste keer dat ze Louise mee had genomen om vrouwenkleren te gaan shoppen. En dus waren Louise en Femke de stad ingetrokken, terwijl Thomas thuis een vegetarische curry in elkaar husselde. Ze hadden 's avonds gezellig samen gegeten en Femke had bijna letterlijk zitten spinnen van geluk toen ze samen tussen haar vader en Louise in aan tafel had gezeten. Net voor ze moest gaan slapen had ze Louise heel heftig vastgepakt en langdurig geknuffeld en gekust. De tranen waren Thomas spontaan in de ogen gesprongen: hij wist dat Femke gek was op Louise en dat dit voor haar een droom was die eindelijk uitkwam. Louise had niet langer willen blijven en was meteen vertrokken, hoe fel Thomas ook protesteerde. Ze wilde hem tijd en ruimte gunnen. Maar ze had er wel mee ingestemd om 's anderendaags te gaan dineren. 'Maar niet bij jou thuis', had ze er aan toegevoegd. Op neutraal terrein, dat praat makkelijker. Het was een oude truc die hij toen hij nog gewoon Louis was, altijd had toegepast. Potentieel te emotionele onderwerpen kon je maar beter nooit thuis bespreken, vond hij toen. De aanwezigheid van andere mensen in een restaurant belette meestal te dramatische scènes, en in elk geval kreeg je op die manier geen vaas tegen je hoofd of werd je niet achternagezeten met een keukenmes. Louise had zich voorbereid op slecht nieuws. Ze kende Thomas goed genoeg om te weten dat hij zich als een gentleman zou gedragen en dat hij hoffelijk zou blijven. Veel hoffelijker dan hij zelf ooit geweest was als Louis. Maar Louises vrees dat Thomas van haar af wilde, bleek al snel totaal onterecht. Thomas nam haar handen in de zijne en viel meteen met de deur in huis.

'Louise, ik moet toegeven dat ik geweldig geschokt was door wat je me verteld hebt. Weet je dat ik de afgelopen dagen de gekste dingen heb gedacht? Ik vroeg me zelfs af of ik misschien een homo in de kast was, omdat ik blijkbaar op mannelijke vrouwen val, of toch misschien iets in je zag dat nog mannelijk was of zo. Ik vroeg me af of ik je ooit nog wel kon zien als Louise in plaats van Louis en of ik je nog wel onbevangen kon kussen en knuffelen. Ik betwijfelde of we er ooit in zullen slagen een normale seksuele relatie te hebben. Of ik niet altijd het gezicht van Louis zal zien als we samen intieme momenten delen. Het zijn allemaal vragen die de afgelopen dagen door mijn hoofd spookten. Maar toen besefte ik al gauw dat het ook vragen zijn die jij je al lang hebt gesteld. En toen begreep ik uiteraard ook hoe moeilijk het voor jou moet geweest zijn om dit allemaal door te maken en ook nog eens te moeten toegeven aan jezelf dat je verliefd op mij werd. Dat besef, Louise, dat je al die bezwaren aan de kant hebt geschoven en dat je toch de sprong in het diepe hebt gewaagd voor mij, heeft me overtuigd dat wat wij samen hebben, zo waardevol is dat we het gewoon moeten proberen. We horen samen. Dat voel jij toch ook? Louis, Louise of *Louislouise*, het kan me allemaal niet schelen.'

Louise wilde iets zeggen, maar Thomas legde zijn vinger op haar lippen.

'Je hoeft niks te zeggen. En ik wil ook niet de heilige uithangen: ik heb het er nog moeilijk mee, maar dat is vooral als je er niet bent. Dan sluipt de twijfel binnen. Maar elke keer als ik je zie, verdwijnt die weer als sneeuw voor de zon. Twijfel is een smeerlap, Louise. Twijfel is als een donkere schaduw die de kilte in je botten jaagt. Daarom wil ik die twijfel voor eens voor altijd uitschakelen. Maar daarvoor heb ik jouw hulp nodig. Ik wil één ding van je vragen, en je moet mij beloven dat je je aan je woord houdt: je mag nooit meer op zoek gaan naar je verleden. Je moet het begraven en je moet verder met je leven, met ons leven. Louis is niet meer. Laat het zo. Probeer niet meer te zoeken naar het waarom en zeker niet naar oplossingen om terug te keren. Want dat zou van ons pas freaks maken, Louise. Begrijp je die vraag? Kun je daarmee leven?'

Louise keek Thomas diep in de ogen. Ze voelde zich helemaal verbonden met hem en dat maakte dat ze tintelde tot in haar tenen. Hij had voor haar gekozen en al zijn logische bezwaren aan de kant geschoven. Logisch denken en verliefdheid gingen sowieso al moeilijk samen, maar om voluit voor Louise te gaan had Thomas elke vorm van logica overboord moeten gooien. Zijn vraag om het verleden te begraven was niet meer dan normaal: dat begreep Louise ook. Ze moest verder met haar leven; ze kon zichzelf niet eeuwig veroordelen tot een leven als hermafrodiet, ergens tussen man en vrouw, wachtend op een definitieve uitslag. Louis of Louise? Ze moest haar leven in eigen hand nemen en een beslissing forceren. En daar had Thomas, die lieve, begripvolle Thomas, haar mee geholpen.

'Ja, ik kan daar mee leven', fluisterde ze, haar stem verstikt door de emoties.

Hoofdstuk 30

De avond was verder verlopen als in een droom: ze hadden gelachen en verhalen verteld en Gianfranco was er op het laatste nog even komen bijzitten. Toen ze het restaurant verlieten, had Thomas voorgesteld Louise naar huis te brengen, maar ze had gezegd dat ze wel zou lopen. Het was een heerlijk zachte avond en ze wilde liever even alleen zijn. Ze hadden nog lang ten afscheid gekust en Louise was als op wolkjes richting thuis gewandeld.

Nog geen tien minuten later – ze was al bijna thuis – kruiste een voorbijganger haar pad. De jongeman stopte met een schok toen hij haar zag, keerde op zijn passen terug en pakte haar bij de schouders. Louise stond al klaar om de kerel vol op het gezicht te slaan, toen hij haar losliet en ter verontschuldiging zijn twee handen in de lucht stak.

'Inge! Inge! Wel allemachtig, dat ik jou hier tegenkom. Ik dacht dat je in het buitenland zat. Maar je woont dus nog altijd hier in de stad. Waar heb jij toch al die tijd uitgehangen? Weet je dat ik op het punt heb gestaan de politie te bellen toen je na een paar dagen nog altijd niet terug was?'

Louise keek vragend naar de man en schudde haar hoofd.

'Ik ken je niet, kerel. Waar heb je het in godsnaam over?'

De man begon nu te twijfelen en kwam dichterbij.

'Kom, Inge, ik ben het, Sven!'

'Sorry, maat, ik ben Inge niet, en wij hebben elkaar nog nooit ontmoet!' antwoordde Louise en ze wilde verder lopen. Maar de man kwam haar achterna en drukte zijn visitekaartje in haar handen: 'Hier, ik begrijp dat je me niet meer wil zien, en je zult wel een goede reden hebben gehad om zo'n lange tijd verstoppertje te spelen nadat je me voor het altaar hebt laten staan. Maar hier is mijn nieuwe nummer, alsjeblieft, bel me maar als je er klaar voor bent. Ik hou nog altijd van je, Inge. En ik heb het je vergeven. Bel me!'

Toen Louise thuis kwam, wist ze niet wat ze eerst aan Charlotte moest vertellen. Het goede nieuws van Thomas en het feit dat die haar dolgelukkig had gemaakt. Of over de ontmoeting met een zekere Sven, die haar Inge had genoemd en die ervan overtuigd leek haar te kennen.

Louise vertelde het verhaal dan maar door elkaar, zodat Charlotte er aanvankelijk geen touw aan kon vastknopen en Louise haar verhaal twee keer moest doen. Daarna gaf ze Charlotte het kaartje van de onbekende man die zich had voorgesteld als Sven.

En toen keek Charlotte haar vriendin opeens met grote ogen aan. Stotterend zei ze: 'Louise, weet je wel wat dit betekent?!'

Louise haalde haar schouders op. 'Euh, dat ik een erg gangbaar gezicht heb? Of dat er ergens een dubbelgangster van mij rondloopt die met Sven...?' Maar nog voor ze die hele zin had uitgesproken, stokte haar adem. De conclusie die Louise en Charlotte die avond trokken was onvermijdelijk en ontnuchterend: Louis was niet zomaar in een nieuwe vrouw veranderd. Hij was terechtgekomen in het lichaam van een vrouw die al bestond, en die een leven had geleid ergens in dezelfde stad, samen met een man die Sven heette. En de andere logische gevolgtrekking was dat ergens in dezelfde stad op dat zelfde moment diezelfde vrouw nog *altijd* rondliep, gevangen in het lichaam van Louis! Nog maar een uur geleden had Louise met heel haar ziel en zaligheid aan Thomas beloofd dat ze haar verleden met rust zou laten. Maar deze nieuwe wending maakte dat ze zich onmogelijk aan die afspraak kon houden.

Louise was de wanhoop nabij. Twee weken geleden zou dit nieuws haar uitzinnig van geluk hebben gemaakt. De kans dat ze weer een man kon worden, was dichterbij dan ooit. Maar nu wist ze niet of ze moest lachen of huilen. Hoe moest dit in godsnaam verder?

Cover   Isabelle Van Laerhoven
Tekst   Simone Felix
Binnenwerk   Phaedra creative communications, Westerlo

ISBN 978 90 443 2303 0
NUR 343
D/2009/8899/10

vtm ® is a trademark of the Vlaamse Media Maatschappij
Licensed by VMMa Line Extensions

LouisLouise is a program of VMMa produced by Studio A
Licensed by VMMa Line Extensions

Original Format owned by Dori Media International GmbH
based on an idea by Sebastián Ortega for Underground Contenidos